大魚讀品
BIG FISH BOOKS

让日常阅读成为砍向我们内心冰封大海的斧头。

吴晓乐——著

可是我偏偏不喜欢

中国友谊出版公司

图书在版编目（CIP）数据

可是我偏偏不喜欢 / 吴晓乐著 . —北京：中国友谊出版公司，2020.9（2021.7 重印）

ISBN 978-7-5057-4953-5

Ⅰ . ①可… Ⅱ . ①吴… Ⅲ . ①散文集－中国－当代 Ⅳ . ① I267

中国版本图书馆 CIP 数据核字（2020）第 129670 号

著作权合同登记号　图字：01-2020-5124

书名　**可是我偏偏不喜欢**
作者　吴晓乐
出版　中国友谊出版公司
发行　中国友谊出版公司
经销　新华书店
印刷　嘉业印刷（天津）有限公司
规格　880×1230 毫米　32 开
　　　　7.5 印张　108 千字
版次　2020 年 11 月第 1 版
印次　2021 年 7 月第 4 次印刷
书号　ISBN 978-7-5057-4953-5
定价　49.80 元
地址　北京市朝阳区西坝河南里 17 号楼
邮编　100028
电话　（010）64678009

如发现图书质量问题，可联系调换。质量投诉电话：010-82069336

目 录

推荐序　偏在

江鹅（作家、《俗女养成记》作者）

吴晓乐说起各种“可是我偏偏不喜欢”的时候，有一种腰杆坚挺的气势，而且带着动作。双手攀扶摸索，向上。她想站直，正在站直，站上属于她的位置，最终气宇轩昂。

令我钦敬的意志续航力。

是代际差异吗？差一个年龄层，女人承担的形象依然近似，挣脱的姿势和力道却大有不同。除了她，还有母亲。她与母亲之间的拉扯，特别吸引我注意。在韩国釜山得男佛前，她们在立心上拉扯。母亲明白求子不可得的辛苦，希望她能预先置备庇荫，要用就有，不用也无伤。女儿不肯，因为当年就是这种立心，伤了母亲。此心不可立，不可纵，不可不战，即使要战的是整个世界。

这份心意，母亲们跟上了吗？

世上最严酷的警总[1]，在女人心里。但不是每个女人都意识得到自己一人分饰司令与嫌犯，刑求与招认，倾轧与窒息。父权社会对女人采取电击项圈式训练，多数女性早年就能学会，在一趟鼻息之间完成自审自囚的程序，不僭越世道不肯给的权益，而且因为发生得频繁，久之还当是呼吸的一部分，行有余力并且不忘提点她人凡事自罪，这个“她人”得用女字旁。

二人以上参与的审查和拘提，难免出现挣扎抗拒，而这二人的组合，因为社会结构的缘故，经常是母女，越是害怕触电的母亲，越常囚禁女儿，因为舍不得心爱的孩子在行走间受到更大的伤，干脆自己先打，打怕她。母亲们经常忘记两件事实，一是女儿活的是她自己的命；二是女儿年轻，而且强壮。女儿未必遇得上母亲曾经遭遇的电击，即使遇上，未必经不住。有些人甚至智勇双全，能挺着疼痛找出电源开关，一拳捶爆那些伤害过自己母亲的东西。

[1] 台湾警备总司令部的简称。——如无特别说明，本书脚注均为编者注

能够如此相互明白的母女，是最强大的支持团体，但“相互明白”不是一席话说完就能开花结果，要磨。书里常能看到吴晓乐与母亲的相互砥磨，也许直面，也许背对，但始终不曾中断凝望。无论是笑是泪，她们在心里一直看着彼此。她的踌躇，是她的坚毅；她的决断，是她的牵挂。

人无法预测前路，却能练习步伐。幼时的吴晓乐曾经埋怨母亲不愿为她放下正在阅读的书本，日后却领悟，能有个偏偏不愿放下心之所向的母亲，不是每个人生下来都配给得到的行路教练。人可以偏偏要，偏偏喜欢，也可以偏偏不要，偏偏不喜欢。倘若无论如何都有人叫好，却也有人看坏，选自己甘心好乐的事来偏偏，总是不亏的。

一个人能站起来，不只是一个人的起来，尤其女人。行路有伴当然好，但最好的，终究是能站直来走，不必人扶。爱牵谁牵谁，不想牵的时候，任止任行，远近高低、热闹寂寞全由自己。想自由自在，首要条件是自己得在，无论别人如何不给不许，自己偏偏得在。吴晓乐，偏偏就是在。

序　曲　书写的起源

从小，你就被人家说是个过于纤细的孩子。对你而言，人情寒暄底下的伏流，不知道为什么，你就是能听见那些微弱的潺潺声响。仿佛被扎了太多天线的基地台，时常得接收那些信息，也不管你愿不愿。只要心思缓缓沉降，仔细凝睇眼前的光景，那些人与人之间的乖离与疏和，仿佛鸟，你辨见了寻常人看不见的颜色。可能你的幅宽只比寻常人才多上一厘米，但生命中众多哀乐就跟着那一厘米，如同爆满的广告传单，随着取递而散落一地，不多看一眼都不行。不止一位长辈形容你，这个小孩不像个小孩，太早熟了。语气是棉花里头裹一根针，你没太认真，掌心向上去接，你很乖，人家说拿礼物要双手向上，你双手向上去迎接长辈的话，后来掌心的那枚血点，在某些特殊的场合就疼，你始终放不下。

那时你的父亲即将迎上人生的转折点：被密友秘密挪运他累积已久的积蓄。那位先生，体形胖大如瓜，笑起来和蔼如果蜜，父亲携着妻子与一对儿女同行时，那位先生也懂得送上几把甜糖，你却彻底讨厌这个男人。后来事情发生时，父亲暴怒且不可置信，你对父亲的不可置信感到不可置信，怎么可能？父亲难道没看见那双被脂肪推挤的狭长眼眸底下飞快掠过的贼光吗？无论如何你是看见了，但你的预言都被“童言无忌”四个字给吞没。父亲不信，一个孩子能懂什么。你对那位先生的坏话经常在社会的因循苟且之下，被解读为某种娇宠的表征。你只能眼睁睁看着阴谋被完成，酒瓶成了花圃的新植被。父亲其实不沾酒的。母亲为了填坑，卸了你与弟弟的定存。

也曾有一次，挚友向你介绍邻居男孩，唇红齿白，隔壁几班。三个人坐在麦当劳的圆桌前，眼观鼻，鼻观心。待挚友起身去领取餐点的间隙，你开口问男孩，你喜欢我的朋友吗？男孩的脸色你至今都搁在心上，一副内心世界冷不防被谁打穿，又望上一望的恐惧。男孩瞪着你，好一阵才恢复镇定，先确认，这是她自己跟你说的吗？你摇头，很老实地说，不，我看出来的。男孩又问，为什么？没有人看得出来，好几年了，我喜欢她好几年了。你又摇头，不知道从何抽绎这问题，也许那是信息的搜集、合成与堆栈之术。从男孩与你朋友说话时，语气时常反复回旋，或是发表言论后，害怕自己过于坦率而只好微笑，微笑背后是隐隐的忧伤。你在很小的时候就很清楚一件事，暗恋的人，都好辛苦。当我们喜欢一个人，仿佛不彻底地贬低自己，就无从证明这份情感的高贵。把自己反复折叠，终至渺小，只求能嵌进对方生活的可怜兮兮的模样。后来你成了男孩的树洞，男孩细细诉说他每一天的联想。有时你几乎要产生幻觉，这也许是男孩最幸福的时刻，薛定谔的暗恋，盒子被掀开之前，什么都有可能，可能喜欢，可能不喜欢。这段交谊随着男孩转学而失散，离别前，男孩跟你坦承：我是个朋友很少的人。只能默默地喜欢我的邻居，谢谢你陪我这么久。

小学六年级，你喜欢一个女生——筑。筑肤白，大眼，喜欢绑两条辫子，一个人到底得多漂亮才有能耐编这种发型而不惹人心烦。你嫉妒筑，又不真正嫉妒筑，筑太漂亮了，若嫉妒她，似乎显得自己更丑了。你于是说服自己，喜欢筑，久而久之，还真动了意。筑的父母日日对着彼此咆哮，他们深信与对方结婚是自己此生最愚蠢的决定。筑想逃离那对名为父母的陌生人，她流连网络交友，认识了一位干哥。干哥抵达校门口那天，筑央求你一起去校门口见他。初初照面，筑仿佛身上的骨头都断了，不止一次地往干哥的怀里倒去。

你反而很受不了干哥看着筑的眼神。教室的布告栏前，曾有一树栽，上头栖着好几只凤蝶的幼虫。老师说，这是为了让你们理解到生命的意义。下课后，同学们纷纷微蹲，撑着膝盖，注视虫以小小的口器吞服嫩叶，注视它们蠕行、慢吞吞地前移；几天后，虫肥了，几个男孩兴高采烈地拿筷子和水枪攻击虫，粉粉的虫躯流淌出绿色浆液——生命的意义。男孩看虫的眼神，干哥看筑的眼神。你觉得太像了。一个会在网络上跟十一岁女孩谈到性的男人，究竟算什么？你很不安，你的感官老是给你搜集太过巨量的信息，信息又自作主张地在脑海中结构成一些什么。人们怎么称呼？直觉？预感？

唉，你觉得筑好危险。

几日后的外扫区，钟声响起，还有两三分钟的余裕，筑问你，你觉得干哥是个好人吗？你看得出来，筑渴望一个心想事成的答案。连日下来，筑都在说干哥有多么好，多么懂她，比她的父母更爱她。筑的父母忙于推卸筑的监护权，筑想得很美，父母之间，她可以选择干哥。你决定对筑诚实，或许因为你喜欢筑，更重要的是，你认为你的喜欢比干哥的喜欢更健康。你说，干哥不是一个好人。你还想说些什么，没说，筑承受不住了。她凝视着你，过一阵子，筑张口了，你知道吗，有时候我觉得跟你在一起很可怕，你好多想法、好多感受，怪人。你仿佛被贯穿的布偶，毛毛细细地绽出棉絮。“怪人”，多懒惰的字眼，你为筑做了这么多，筑把你批得这么俗。不用说你老是记得筑的生日，筑要别人提醒，才软软送上一句“生日快乐”。你后来疏远了筑，毕业之前筑可能要去干哥家住了，你不再介意，干哥会等筑长大吗？掌心的那枚血点刺痛起来，你的胸肺胀痛，寻思，我这过细的心眼，老是看得太过清晰的心眼，除了让那些画面反复磨心，这副心眼可曾应许过一日的承平？赏赐一日的从容？没有。都没有。看得出谁喜欢谁，谁即将欺凌谁，谁又意想着利用谁，一点都不好玩。心如同感光纸，那样轻易就变色。

筑把你关上。

你于焉变得浑噩，如调整显微镜焦距般调移收受外界景物的清晰度。你怔怔地过活，像是近视的人不挂上眼镜，又看着没有声音的电视。没有感觉，叠加起来就是很舒适的感觉。你以为自己会这样不问是非地快乐下去。高中时，遇见了《流离》，封闭的作家，却打开了你。你踉跄地拾掇着黄宜君的文句，即使是简单的标点符号都让你失神昏眩。这世界上的另外一个人，把生活中渗痛的枚枚血点穿成线，线又织成面。艺术多脱胎自两种心情：觉得太痛了与太美了。电影《大话西游》中，观世音告知至尊宝："你还没有变成孙悟空，是因为还没遇上给你三颗痣的人。"有些人之所以能亲近艺术，无非是因为他们太苍白脆弱，太容易给谁在命运上熏了三枚血点，只能不得不或书写，或描绘涂画，或雕刻，或歌舞，或拨弦鸣击。你第一次那样鲜艳地察觉到，这世俗之上，有一些志业恰好专属于那些——心如同感光纸的人。

你开始写，写下人与人之间的事情如何经过你的心，显影在纸上。

很多年后，你在网络上看到一则评价，很短，一行：这个作者有很好的观察力。

掌心的血点如被撒了土粉，缓缓合成一枚痣。

如同一只没完没了地飞翔的鸟，终于目击了一块礁岛，你缓缓潜入低空，尝试以微小的角度向前俯冲，如同梦境中你演练的无数次着陆，如今你可等到了。迎角增大，终至被紧锁，深失速，你倾跌在岛上，反作用力自地面深深拥抱着你，痛也是快乐了。你数着呼吸，即使岛上一片荒芜，也是你的全部了。

女儿们在天平上踌躇

位于釜山的海东龙宫寺，自入口起，有一百零八阶。参观路线为拾级而下，再沿着原路返回。路边的石壁里，有一尊佛像，得男佛。与我同行的母亲注视着佛像，半晌，她小声建议，你摸一下吧。闻言，我心如突逢乱石投入，余波阵阵，但不好在异地吵架，我轻语，回程再说。半小时后，我们又与那得男佛狭路相逢，场面又僵了，母亲的语气跟姿态都比上一回更低，摸一下，只是摸一下。我反问她，为什么。母亲结巴说，就只是……只是确保你将来生下一个男孩子吧。我深呼吸，挤出一丝微笑，说，我们走吧。母亲牛似的不肯，拗声要求，你为什么就是不肯？我没搭腔，转身低着头一阶一阶踩，母亲追上来，又质问，为什么不嘛？我回头看她，反问，我是女儿，你也是女儿，我们怎么可以这样，这对你公平吗？对我又公平吗？说完，我复往前走，母亲的声音在耳后响起，我只是希望你幸福，我知道这个社会上大家都说男女已经平等了，可是……可是没有儿子的女人，还是会被人说闲话的。母亲的话绊住了我，我再也无法往前一步，我心底雪亮，在某种程度上，母亲是在跟过去的自己说话。

我一生下来，评价两极。以父母而言，我是他们第一个孩子，简直挚爱。奶奶一得知我的性别，难掩沮丧。奶奶始终在盼着一个长孙，大伯夫妇生了两个女儿，他们累坏了，决意止住，奶奶只剩下二媳妇能寄望。母亲剖宫产的伤口还渗着组织液时，奶奶已经止不住关切，什么时候再生？一年后，即使医生认为母亲伤口愈合的状况不佳，母亲的肚子还是大了起来。母亲不是不在意医嘱，只是人情在身后苦苦地追。奶奶告诉母亲，为了一个孙子，她不晓得在夜里惊醒、辗转反侧多少回。母亲觉得自己对奶奶的忧伤责无旁贷，她回到老家，找自己的母亲倾吐焦虑，两个女人惊惶地讨论，要怎么担保一个男孩呢，外婆说，去找妈祖吧，妈祖慈悲，会答应你的。

我问母亲，拈香时你想着什么。

母亲的答案老实得不可思议。害怕，她说，我好害怕。怕第二胎又是个女生，要再怀孕一次，肚子又要被划开，生你的时候伤口密合得不理想，我不认为我撑得过短时间内剖腹这么多次。

第二胎是个男孩。我有了一个弟弟，奶奶迎来她等待多年的长孙，母亲的苦难结束了。我后来把这过程告诉朋友们，回响热烈，那些女儿告诉我，类似的故事在她们家中也搬演过。没有产下儿子，让母亲被责怪，而身为女儿的她们，也共享了那份羞耻感。

其中有个故事十分立体：朋友的父亲是独子，底下三个女儿。一日祖父跟邻居吵架，邻居气急之下，脱口而出“你就是阴德不足，才没有孙子”，祖父气得转身走进家屋，找着媳妇，也就是朋友的母亲，暴雨似的恶骂。朋友说，要在那种处境下不发疯，得很自制。她的母亲竟还有力气去爱这些女儿。她敬佩着母亲的自制，也惊愕人们可以这么不自制。有时候，人类的无知实在放荡。我一直以为这叙事会随着岁月流转而化为前尘，人们日后谈起这段，会以一种白头宫女话从前的姿态：“很久很久以前，女人的地位系之于生育。”直到这几年，见人议论某位女星就是因为积德不足才生了三个女儿。我才明白，即使校园的生物课已指出孩子性别的决定机制，知识却阻止不了人类渴望逞欲的心。在知识与干话[1]如万马奔腾的场面之中，我们选择了后者，我们实在戒不了伤害人的快乐。

再回头去说童年吧。两位堂姐的衣角是我紧紧抓握的一切。弟弟出生后，我基本上归堂姐们管，奶奶总舍不得弟弟，去哪儿都抱着他，弟弟安睡了，就在他身旁守候。我跟堂姐睡下后，奶奶牵着弟弟，漫步至邻近的柑仔店[2]，弟弟挑他喜欢的玩具。我跟两位堂姐，我们这些女孩，一起玩大伯母买的玩具，印象中，玩得倒也开心。未曾有人抗议，为什么他有，我没有，我们跟着接受了，他是奶奶

[1] 台湾流行语，类似于西安方言中的“贱话”。

[2] “柑仔店”是台湾早期杂货铺的通称。

等了好多年的男生，而我们不是。想想这真是让人感伤，我们就这么领教了。像是学习，走物为狗，翔物为鸟，在街上裸裎着肚腹的为猫，被人渴望的存在为儿子。而我们以上皆非。

奶奶难道不爱我及堂姐吗？我相信她也是爱的。根据我的巨大门牙，奶奶给了我绝对足够的营养，但，基于某种她也无法厘清的机制，她格外宝爱着会带着丈夫姓氏走下去的那个男孩。堂姐们去上学后，我显得孤独。奶奶与弟弟是一组的，我一个人一组。父母北上看我，我一副郁郁不乐的模样。母亲要父亲去跟奶奶商量，一番揪心的长谈后，我跟弟弟回到父母身边。我很少想起奶奶，倒是常想起两个堂姐，到后期，她们更像是我的照顾者，做我的玩伴，给我编发，带我去买布丁，也跟我一起经受着被至亲冷落的微微黯淡。

母亲后来问我，为什么你不喜欢在奶奶家？我告诉她，因为奶奶都只看弟弟，不看我。对于一个还没上小学的孩童而言，尚且不懂得使用“偏心”这两个字，只能借由现象的描述来让母亲明白：在奶奶家，我无法得到注视。母亲说奶奶时常打电话给她，抱怨我喜欢攀爬到高处，像是冰箱上，她时常要警惕我的跌落。奶奶认为，我是很难带的小孩，很不乖。母亲在多年后回忆着奶奶对我的评价，我听了却满腹惆怅，那些机巧的小动作，可能是一个孩童对于主要照顾者的拙劣示爱：看我，看我，我在这里啊。

奶奶还在很年轻，年轻到难以想象自己有一天会成为奶奶的时候，我猜也曾被谁放在天平一端上，并且沮丧地发现指针的震颤渺乎其微。很可能从那一刻起她习得了，女孩是轻，男孩是重。女孩长成了妈妈、奶奶，每回身份的转换，她也亦步亦趋地临摹着前人留下来的法则。把姑姑放天平上，把堂姐们放天平上，最后，也把我给拎上了天平。于是，一批批的女孩，继承了血，更继承了这份自厌的遗情。细想真是凄凉，多像一笔无法抛弃继承的债务。

朋友近日怀孕了，是个男孩，众多道贺词中，她最受不了的莫过于“一举得男”“喜获麟儿”。她知道自己被赞美了，但她还想不出来自己做了什么好事，像是，怀了一个男孩而不是女孩吗？另一个朋友怀孕了，是个女孩，她察觉得到，大家都在尝试着抚慰她，以任何语句。女儿贴心。女儿懂事。儿子长大了会跟女朋友走，可是女儿不会，女儿恋家。这么多理由，只让她觉得寂寞，爱一个人，怎么会需要这么多理由？仿佛我们在讨论一个略有瑕疵的存在，必须一再游说，才让人勉强喜爱。更让她隐伤的是，懂事，贴心。她想到自己，这些特质其实都会压垮一个人。在家庭中，女儿被期待着扮演一个柔软小棉袄的角色，微笑，没棱角，察言观色，说话甜蜜且每一句都让人想紧紧相拥。女儿们也是照顾者，照顾小孩、伴侣、自己的父母、伴侣的父母。懂事，贴心，恋家。她们从来不被鼓励走出家门。我曾想过，若交给女儿一纸舆图，悄悄引诱她，她是否也会渴望离开？到底是恋家，还是外头的世界虽广阔，却也在漫漫排挤着女儿们？朋友的结论是，单从我们对于生男生女的祝福，方知晓终究我们还是在为偏见服务，只是服务的过程中，我们至少制造了快乐。

回到得男佛的问题。只要伸出手，轻轻一个抚触，我跟母亲可以不必在穿梭的游客面前上演相互为难的戏码。

但，为什么不呢？是什么在抗拒着这种无关紧要的指令，还是说，一切并没有表面上的无关紧要？我怎么可以祝福自己，向神祈祷，请确保给我一个男孩。好让我得以逃过没有儿子的女人所将遭逢的命运。我看着母亲，意识到有时候人事倾圮，我们只能跟着长斜身躯，但，为什么不伸手挑衅、媚行一回？罢了，罢了。懂事，贴心，不要怪母亲，她也被吓坏了。懂事，贴心，把别人的为难化成自己的为难，女儿们擅长这么做，在人生的某个阶段，也期待自己的女儿们模仿她们这么做。我突然间觉得，这么苦涩的游戏，神佛有情，恐怕也想说，别玩了，没看见玩的人都这样不愉快吗？我没有再说话，把话题移走，导游在等我们了。我跟母亲在海气弥漫的阶梯继续前行，突然她说，对不起，你说得对，我不应该要求你做这件事。我说，没事了，我们快去会合吧。

我听见胸腔内巨大的回声，那道声音说：不怪你了，若去除人世纷扰，我相信你可以更专心地珍惜你的性别。不生气了，因为我清楚，你老家餐桌上的鸡腿跟蛋，从来也不属于你。

我与我的血

即使到了三十岁，我还是时常做同一个梦，梦到从自己体内流出的鲜血浸满了整条床单，而旁人以诧异的眼神目睹那些血毛毛细细地往外扩张，我想起身来收拾，却发现自己动弹不得。

这个梦我做了十次有余。有时经期来了而我正好倒在床上，也躲不掉瞬间的眩然，我还在那个梦里吗？我也好奇弗洛伊德会如何分析我的梦境，我是否有童年的受伤经验？是否有谁在我面前以怨怼的口吻叙述月经？而旁观我的失态的群众，又象征了什么？

小学高年级时，身边的女同学们像是果实催熟般，一一来了初经，正式宣告进入人生的下一阶段。卫生棉品牌的厂商也走进校园，跟我们解释月经的成因，会末每人发下一小盒体验组，我记得有三片。我将它们一一抽出，却不能掌握它们出现的时机。为什么有一片这么厚？身旁那些数着日期在书包里填入小束口袋的女孩，腼着颜解释，那一片是睡前用的。有些女生出声询问，有谁懒得提这一盒体验组的，不如送给她，确实有人不在意，后脚一出礼堂，转送了出去。我注视着自己的体验组，莫名地有了心事：我的月经会来吗？

升上高年级以前，我从报纸上读到一则新闻，一名女性到了近三十岁却仍没有经血，女子以为自己体质特殊，又赧于求诊，徘徊十几年，才寻医解惑。经过一连串检测，女子从医生口中得知一个不可思议的真实："她"的体内没有子宫与卵巢，只有发育不成熟的睾丸。新闻的尾声是："女子"得知这件事后，表示自己得思考一下，可能得学习成为"他"。这新闻如一尾灵蛇，顺着我的阅读钻入我的体内，以我的恐惧为粮，日夜抽长，渐渐肥满。从小到大，不知被多少外人提到"没有女孩子样"，我贪图芭比又深爱恐龙模型，最执着的则是变形金刚。静静地待在原处，提着玩偶，假设彼此是一家人，时常让我感到疲烦，我必须坐在沙坑里把自己弄到一身灰脏，指甲缝里卡满了土才甘愿回家。我怀疑起自己的“身世”，莫非我的体内也少了一组器官，弄得我相较于其他女孩，总像个煞有介事的赝品。

就这样，睡前固定要进行思考的内容，除了“人为什么会死掉”之外又增加一项，“为什么我的月经还没来”。恐惧为我带来写实的考验：若我的体内也没有子宫与卵巢，要如何重新安排我的行止？该怎么说服别人，我的行为合于我体内其中一对染色体所显示出的信息，两者没有扞格。

烦恼一旦开始便没完没了。朋友说，女人的初经时间会与母亲的相近似，我跑去烦母亲。母亲的答案是，由于她年少家贫，小学一毕业就被往工厂送，做女工贴补家用，工厂经年维持在低温以防渔获腐败，母亲纤细的小手分派着那些悄悄结冻的鱼虾，脚底又有沁凉的气体输送。经血给冻在体内，离开工厂时才涓涓滴落，那年她十六岁。彼时我过于幼稚且自怜，没有意识到母亲正借由她的血流下的过程，含蓄地描述她其实有个发育不良的童年。我仅仅执着在，我非得等到十六岁才能翻开“命运”那张牌吗？

我的成绩下跌，人际关系紧张。作风洋派的导师把我唤至她的办公桌前，拉着我的手，以一种如今餐厅服务员被无良经理要求的角度——仰角三十度——凝望着我，语气循循善诱："你怎么了？很多同学说你变得怪怪的。"我干瞪着老师，无话可说，我怎能启齿，我担忧我其实不是女生。

就在我的焦虑日益清晰，几乎要有了自己的声音时，血流出来了。

我以为我会好受许多，偏偏事与愿违。

我时常因为我的经血而出糗。我老是无法掌握她造访的时间，或者看似干涸了却因为我喝了什么燥热的汤品又大肆奔流。那血，让我的身体成了一枚具有墨水自动补充系统的印章，压印在所有我行经的椅子、床单、衣物上。我因此事的笨拙而被亲属朋友一再讪笑，我越追求无瑕，就越容易弄脏。不知从何时起，我反复做着关于经血的梦。我从旁人的眼神很清晰地认识到，从阴道流出来的血是不一样的。我的鼻血，我被机车撞烂的膝盖汩汩地向两侧泛滥的血，都不会让人联想到不洁，但经血会。高中体育课上，一位女同学走至体育老师跟前报告，老师，我月经来了，不能跑步。体育老师那年轻的、俊俏的脸倏地涨红，嘴巴嗫嚅着却无法组合成有意义的词汇，他甚至无法复述一次那个字眼——月经，而只能吐出，你……你，那你下一次再测验吧。很多年后，我在另一个年轻男子的脸上找到同样的表情——美妆店的店员，我把两包卫生棉放在结账台上，他那年轻的、俊俏的脸倏地涨红，嘴巴嗫嚅着，你……你需要纸袋吗？我那时误听，以为他是询问是否要索讨塑料袋，反问道，一个塑料袋吗？他只得进一步解释，因为你……你买了这个，所以我们提供纸袋。他几乎无力指出这物件的名字，如同当年的体育老师难以咬出“月经”这两个字。

我也曾憎厌我的月经。我用尽千方百计仍只能稍稍缓解其带来的痛苦。曾有男人试着要我形容这份感受，我答，如同脊椎被从中抽了一节，有些脏器得不到足够的支撑于是沉坠，压迫起下腹，身体全数的肌肉为了应付这位移而过度紧张，不时传来恼人的酸痛感，最后连头也无可厚非地泛疼了起来。初上大学，身体还在认识环境，长达四个月，月经失联了，我喜悦得可以在无人的宿舍内酬神似的漫舞，庆祝自己终于摆脱了闷痛黏腻，以及其所附赠的躁郁。好景不长，我的身体奇异地浮胖了起来，像是不知节制的海绵。门诊的医生表示，非得给我一针，让经血降落。几天后，体内排出了深褐色，仿佛坏掉的、枯荒的血，四肢徐徐恢复了原本的尺寸。自那回起，我变得相当尊重自己的月事，部分是不想再挨针，部分是我终究经验到，当我厌恶着自己这规律地滴出鲜血的身体时，我的身体也以等量齐观的恶意回敬着我。

一年过年，基于我的生肖，我非得进入庙宇，平靖我的流年。恍惚间我想起我的血，告达母亲，母亲陷入为难，她寻思良久，决定去找家族的另一位耆老定夺。我整个人在门槛前好整以暇地等待着，对我而言两种结局都不吃亏，毕竟过年参拜的人潮摩肩接踵，我也不想在一身累痛的情况下，如同鱼池内争食的锦鲤般，祈求神祇在芸芸众生中多保佑我几分。我甚至手插着口袋，心不在焉地闷哼起歌。几分钟后，母亲带回耆老的答案：今天是大日子，神会睁一只眼闭一只眼的。我不禁质疑起略懂运算的耆老莫非是感知到我隔年将有巨大灾厄，否则怎会任我破了这重大的禁忌？先出右脚越了门槛，再来左脚，入了庙宇，步伐跟心情渐趋轻盈，我花了一些时间厘清内心的翻腾，神祇的应许固然动人，但真正轻抚我心房的桥段是，在庙宇——这个人们祈求幸福的场所前，我没有被舍弃。我未来一年的福祉，并未被轻看。

也不是没有可爱的故事。

曾跟着一行友人去看电影，其中有我当时暗恋的对象，行到一半我身体僵直如化为盐柱的罗德之妻。我的经血又未经允许而贸然造访了，抵达厕所时已来不及，艳红的花瓣层层绽放于底裤上，朋友赶紧为我借来卫生棉，也允借我把她的外套系于腰上。数分钟后，我满腹委屈地坐在大银幕前，灯光暗下，弹回的光影在脸上跳跃，心仪的男孩找我说话，这理应是个怦然心动的场景，我却故作一副厌恶的模样，我深惧他问起我为什么要系着外套，我害怕他看出来我是个不善于处理自己经血的、失格的女子。我对于自己的反应失望透顶，为了让自己情绪上好过一些，我转而说服自己，那男孩实在不怎么样，有什么好爱的呢？多年后，我才从共同友人口中得知，男孩早已看出我的处境，他有个姐姐，两人感情奇好，无话不谈。坐在大银幕前的夜晚，男孩找我说话，旨在安抚，想告诉我，没事的，这很常发生。我的反应让人退却。闻言，我微微惘然，心想，若那时即通晓了他的心意，我一定会花上很多年去爱他的。

习得复忘掉

很多人问过，为什么关于女性的文字，不问新旧，老反复出现三个字：爱自己。难道女人真的如此不经事，连最基础的自己都爱不好吗？是的。实情是，相较于爱，我们对于这身份，更常练习的情绪是厌恶。去问每一个女生，你有多讨厌自己，她们会交给你一整首《长恨歌》。女人们都很清楚自己五官、外貌、个性的瑕疵。那是她们一路走来，旁人怕她们“搞不清楚状况”，好意提醒她们的成果。女人们得在很久以后，才能站在镜子面前而不急着遮掩；不在四下无人时，祈祷换成另一张脸、另一副更窈窕的身躯；不再歆羡别的女人那看似更圆满的婚嫁。爱自己，若听来太深又太浅，不如抽换成另一套说辞：不应有恨。

世人常误解一件事：仅仅男性特别喜欢折抑女性。绝非如此，自打很小的年纪，我时时见闻，那些坐成一圆桌的女人，如何将一位不在场的女性给说得低进尘埃里。几乎每个女生都接受了一套完整且顺序俨然的厌女练习。那些教条如同空气一般，随着我们的呼吸而深刻地绕行于我们体内，如双股螺旋般反复缠卷。女孩们是如此娴熟于裁切自己，好兑取社会的认同，把自己修得乱七八糟还不够，也把别的女孩给剪得泪流满面。

多年前，跟朋友出游，夜时齐聚一房。真心话大冒险，说出你的梦魇，输家犹疑几秒，轻轻张嘴，青春期，她不过是歪斜倒坐沙发上，母亲走进客厅，见状，问她，你腿这么开，是想要男人了吗？朋友继续道，很多年了，她抱着这句话在度日子，到了任何场所，坐下第一件事：留心自己双腿是否足够并拢。说到一半，朋友哭了，这果然是她的梦魇，禁不起复习，也受不得回忆。她觉得这句话真恶毒，比什么都猥亵。母亲会这样子说她的哥哥吗？绝对不会。朋友的泪水一颗接一颗滚落，顷刻间所有人也忧愁了，说好不玩了，睡觉吧。

真实生活里，很多游戏由不得你。讨厌比自己胖的女生，更讨厌比自己瘦的女生。弃烦比自己保守的女生，更弃烦比自己解放的女生。怪丑女，更怪比自己漂亮的。鄙视始终单身的人，更鄙视交了一串男朋友的人。男人的出场是理所当然，女人的受邀得感谢好运气。男孩汹涌的情感表达是果敢，女孩的大笑与泪是神经兮兮。男人的心机是运筹帷幄，女人的运筹帷幄都是心机好重。

我承认，以上思维我都信过。羡慕比我纤细的女性朋友们，看着她们裙摆翻动时，露出铅笔一样修长的腿而如有芒刺扎心；我也曾对于那些我见犹怜的脸谱，升起过不道德的情绪，希望整成那样的脸，若不能，就贱斥她们，挑剔她们眼距过宽，鼻梁太歪，笑起来满嘴乱牙。或者说她抽烟吧，说她整形如何，她是不是昨夜挽着这个人的手臂出席，明天清晨转身又入了谁的房间温存。我们都参与这样一个游戏：找出坏女孩，秘密地，充满纯净恶意地。大风吹，吹什么？吹那些会故意穿很短的裙子露出一截皎白大腿的人。吹那些涂着艳色口红的人。吹那些会用寂寞的声音跟寂寞的男人谈心的人。更吹那些随随便便把男人圈成一桌干哥哥的人。我们热衷于找出生活圈里的婊子，好证实自己不是，以为这样的输诚可以得到爱吧，偶尔或许有，但多数时候我们一无所获。社会将女人分而治之。久而久之我们也误信，如果自己跟其他女孩同时落于深水，欲想多吸一口气，就得先把对方给压进池水，好凭借其低而自己亭亭挺举，换来几平方厘米的新鲜空气。没有她的沉沦，何来你的青莲。没有她的不安于室，哪来你的宜室宜家。

我是从什么时候开始登出这游戏的呢？

年纪有之。历练有之。疲倦有之。是的，着实累且痛苦。当我置身风吹猎猎，目睹那些被点选的女孩狼狈地奔亡，只为了找到一张椅子坐下，我并不因自己有立身之处而心存侥幸，相反地，唇亡齿寒的伤楚幽幽地渗进我的心房，我猜得到，椅子迟早会少一张的，届时人们将编想一个理由，再目睹我狼狈地奔亡。迟早有一天，风把我吹至无处可去。我曾见识过，有些女孩何患无辞地被指成悖德者，只因她们爱上谁，或因她们并没有爱上谁。我失去了对游戏的忠诚，亦步亦趋地漂流至场外。高三那年，历史老师将易卜生《玩偶之家》的情节讲解得好仔细，娜拉明白自己之所以被爱并不是因为她是娜拉，而是因为她听丈夫的话。娜拉不肯再做个服膺父亲、丈夫的玩偶，于是出走，“我再也不认为大部分人说的或书上写的是对的了，我得自己思考然后去了解”。娜拉是我们的贞德。

不过，最真切的理由是，我也想去爱吧，物伤其类地去爱。找出坏女孩的游戏，让我们在女性朋友的面前，既亲密却也像是个和蔼可亲的警总。我受够了这种彼此监视、和蔼提醒如何成为更贤德的女人的摩擦，时常把我的心磨出血沫。朋友的母亲无法心无旁骛地爱她，见到女儿大腿敞开，即感应到自己有把女儿矫正成好女孩的责任。我也时时因着自己无法真心诚意地爱着每一位经过我生命的女孩而感到迷惘、困惑。我明明记得在游戏开始以前，我还年幼而她们亦复如是，那时我们并不在乎彼此的身体是否够乖巧或足够引起男人的欲望，我们腻在一块时只想着，我想跟你好。我真的很想今天、明天、后天都见到你。

铂铱男孩

我十分相信，我们付出情感的对象，将深远地影响到我们对于整个世界的衡量与判准，像是如今被储藏在法国巴黎近郊的铂铱公斤原器[1]，此后不管我们再遇见谁，心底都默默有数。许多人的心中，藏有这么一枚铂铱公斤原器，我们以此为准，衡量朝我们迎面走来的人。相遇之后，我们感情上的眷恋都有了准据，彻底丧失了启蒙前，不知轻重地爱着谁的权利。

我在很年轻时（年轻得我不会使用“年轻”这两个字来形容自己的年纪），遇见了我的铂铱。他是一位同学。五

---

[1] 即“国际千克原器”，是指1889年经国际计量大会批准，作为千克单位标准物的砝码。由具有较强抗氧化性的Pt-10Ir铂铱合金（90%铂与10%铱）制成。

官外貌，没很上心。我只注意到，他的眼珠颜色好浅，当他把眼神往我的脸蛋放时，我时常觉得又是兴奋，又是难过，仿佛自己并不怎么够格可以成为那被他注视的对象。说来有趣，之后入我心水的容颜，都有一对浅色系眼珠。

为了与他亲近，我模仿。他跑去网吧打游戏，我跟过去。他放学后偶尔会逗留在校内，与朋友打球，我就为了他留下。为此我撒了好多谎，告诉父母，我跟朋友在学校复习功课。我要准备演讲比赛。朋友约我去她家制作海报。我是个安于说谎的人，早熟地掌握到说谎而不被人识破的诀窍：要先说服自己相信。一旦熟悉此理，欺骗众生也只是时间的问题。我那时很坚信，只要能亲近我暗恋的铂铱男孩，所有的谎都不是谎，而是愿，撒谎不过是另一种形式的许愿。

我跟他借外套，每一次他都答应我。我不晓得他是否明白，我并不是真的冷，我只是需要一个理由，让他成为给予的人，让我成为掌心向上的人。人还在教室内，不能做出太招摇的举止，我只能假装自己冷，把脸埋在他的外套内，感受气味和温度。我这么做了好几次以后才想到，两个人穿同一件衣服，这背后的意念，可以非常无耻。但在十四岁的我眼中，要一颗羞耻心有什么用，我要的是被爱。

有时他想到什么似的，承诺陪我走回家。那段路并不长，但我尽力地曲折蜿蜒，在便利商店买支冰棒，看看邻近的书店又上架了谁的漫画。有时山穷水尽，只好耍赖，要他坐在已经打烊的早餐店的阶梯上，陪我说话。我们的话题是控制得绝对精准的表面张力，饱满又不至于溢出，没有一滴水沿着边缘坠落。我既钦佩自己，又感到无比纠结。我那时对于爱，认识得很少，我看不出来，倘若有个人愿意陪你把一条三百米的路走成三千米，那他对于你，多半是中意的。

我以为一切多是我的一厢情愿。

我们在等待，等待对方成为那个“说点什么的人”，只要一声呼唤，我们将放下所有的挣扎。但我们只是被动地待在原地。曾有人交付我一盆莲花，花季很短，一下子萎谢了，我日日更替新水，看着那一汪泥液，浮想翩飞。我去问送花者，怎么判断莲花现在养得好不好？我屡屡有冲动想把她给挖捧起来，看一看。对方答，你想象她就是睡了，睡得很深，明年花季才会醒过来。我继续持小瓢舀水，发呆似的想，也许这莲花早已根烂于盆底，也可能她是岁月静好地睡着。小时候有个游戏，今人已不兴了，“荷花荷花几月开花？一月开不开……”我跟铂铱也在数着月份，偶尔他会貌似心不在焉地说，喂，你有喜欢的男生的话，要跟我说哦。我逐日变得胆怯与自卑，又想佯装潇洒，于是说，嘿，你喜欢谁，我也可以帮你哦。

有一个刹那，我认为他喜欢我。

那回，他陪我回家，我们又坐在打烊的早餐店的阶梯上，对着小巷。那时是冬季，小雨乍停，空气湿且凉，我正好很喜欢这样，影子比光更清晰。那时我们的家庭都有些风波，两人有一搭没一搭地诉苦，过程中也展现了青少年企图点评人生的中二[1]性格。蓦然他打了一个哈欠，眼皮松成双眼皮。我注意到时间，很晚了，晚到得编造一个很正当的故事，才有办法圆了彼此的晚归。不知怎么的，我

[1] 网络流行词，主要指自我意识过盛、狂妄，又觉得不被理解、自觉不幸的人。

认定自己有责任收拾这残局。我告诉他，今天的对话，对我来说很重要，我很需要这一切。铂铱男孩瞧了我一眼，有些犹豫，也像是个长者，摇头说，没关系，可以再讲下去。我忘记自己又赖皮了多久，回家后又让母亲多么生气，我独独只记得他脸上那无可奈何的宽谅，他可能看穿了我舍不得走，而他舍不得让我难过。

然而，莫名其妙地，某一天起，他再也不跟我说话了。我找他，他不肯走出教室；写了信托人转达，又给原封不动地退了回来。我清楚自己在别人眼中是个笑柄，只得当场把信给撕碎。我警惕自己，再也不要依赖自己的感受。谁叫我对于爱，认识得太少了。成年以后，我在感情里，反复跌跤。铂铱男孩无缘无故的疏离，在我的心上铸出一道伤口，时时隐约阵痛，那痛提醒了我：你所在意的人，将会以任何形式离你远去。有人送给我一个说法，试图为我疗伤：也许在那年暑假，铂铱男孩遇见了别人。我也服从了这个说法，想他永远幸福，想自己就此告别这个事件，再也不必在记忆的小长廊里搭建舞台，深夜孤独地排练，假设我更换措辞、表情、对白，是否能有出戏的结局是，他待了久一些。

日后我竟又遇见了他。当然不是巧遇，开展于社群媒体，别有用意的漫不经心。近来可好？好久不见。你现在还住在台中吗？什么？原来你搬家了啊。我们搭上了线，相谈甚欢，如同多年未见的老友。我偶尔跟他倾吐自己与男友的争执细节，也想表明：我对他别无所求，只想当朋友。他则告诉我，他暗恋一个女孩，一个他梦寐以求的女孩。闻言，我并未如预期中难受，仔细想想，我若往旁边一捞，也是有只手会伸过来给我牵；若意欲拥抱，也有谁愿意把臂弯借我。我祝福他暗恋得着成全。

遗憾不再，心一下子很宽，仿佛在胸臆之间塞进一片海洋，可以放养鲸豚，也纳得下一枚月亮。过了一阵子，他说，那个女孩点头了，那个他梦寐以求的女孩。我也哥儿们似的说那个女生真的好漂亮，你们好登对。好像回到初初年少，经过走廊见云朵飘过，没什么失落也没什么哀愁。事情都有其归处，水气凝结成云，而云从风，我要怪谁呢？

他慎重地道谢，形容女孩的答应令他多么惊喜。

铂铱男孩与我，一年差不多只搭一次话。我习惯挑选最干净安全的话题作为开场白。像是，在街上遇见了当年喜欢一身名牌到校炫耀的富家子弟，或男生们公认最美的同学成婚生子了。铂铱男孩每每认真地回应。过程中，我换了一个人来爱，学习另一套系统，另一种相处模式。偏偏出了社会后的感情尤其复杂，有时交换的不仅是爱，也有彼此对未来的规划。偶尔，我忍不住忆及我那些年月对他的付出，不求甚解也不求回报，从来没想得太远，其实是也没有能力想得太长久。

一回深夜闲谈，话题依然从陈年旧事开始，在被反复榨取的渣滓中竭力再淘寻出闪闪发光的颗粒，好让对话持续。壁上时钟的指针斜倒，明明没碰酒精，可能是太累，神志游走，有了微醺的气场。我们的字句沿着洋葱外层深褐色的皮，一圈一圈地撕，直到我们走到最幼嫩也是味觉最呛辣处的核心。我八成是茫了，蛮横地问，嘿，那年的暑假，发生了什么事情呢？怎么你一下子就……就彻底地疏远我了，我做了什么让你生气？你忽然快速倒退，退至我再也跟你说不上话的距离。

话一出口，我即清醒大半，像失手打翻了什么，水液无止境地扩散。

通信软件的“保存性”实在逼人。若是面对面，语句完成的当下，八方逸散，我得以归咎于风太大，弄拧了我的意思；可以归咎于外头宣传车声响，导致对方误听。在通信软件面前，上述招数都不管用。羞怯与难堪如一条携藏着大量泥沙的大河，刷进我的脑海。我正要告诉他，这个问题错了，即使背后的情感真得要命，这问题还是错了。

屏幕上闪出铂铱男孩的信息：如果讨厌你，或对你生气，怎么会为了跟你讲电话讲到半夜，而一再挨骂呢？

就这样，那年死命忍住的眼泪，轻轻滚落。

我在学习写作的前阶段，主角的动作很僵硬。作家郑君要我去记录小说中最能展现主角欲望的一幕。我赶紧捞起手边读了一半的小说，有一幕是：主角为了让演员丈夫得到知名制作人的青睐，千方百计地让自己受邀出席一个名流晚宴。丽人如织，衣香鬓影，主角站在那儿，双手交握，一句话也说不出来，只能不断地微笑。我对郑君提出我的见解：主角会去从事常人所不会做的事情，正因为这样，他们成了主角。郑君摇头，说这样子理解太浅了。他进一步阐释，你想想，主角这么努力，挤进一个根本不属于她的场合，拼命笑得像个甜姐儿，说不准最终那位制作人没看见她，或者更惨，认为使劲微笑的主角很烦。但，主角为什么情愿试上一试？为什么？因为去、他、的，你就是在意。在意到你忽略了一般人不太会忽略到的关键：你这样大费周章，成功的概率并不高。你懂吗，这就是她是主角而其他人不是主角的原因，她的欲望多么深刻。

郑君这席话谈的是主角的成形，无意间也渲染至我对于男孩的感情：那么多年过去，我还是在这个时空的边缘打转，不时抬头踮脚，期盼看得更仔细。我还是在意。在那个热到汗水不停地流入眼睛，带来要命酸痒的夏天，我是否错读了什么？辜负了什么信号？为什么那样亲近的人，只陪我听了一季的蝉鸣。

他说了下去。你知道，那年，一次午休，你的班导把我叫去吗？他的回应，令我的大脑一时短路，我以为有一百个比导师更可能出场的角色。我的班导跟你说了什么？我问。几分钟后，我以为他睡着了，屏幕上又跳出他的回应：你的班导请我不要害你。你是能考上第一志愿的人。

“不要害你”，这四个字，确实是那位珍爱我的老师会讲出口的话。为了他，我不仅荒废课业，还拉着一群资优生朋友的手，拜托他们放下课本，陪我去网吧。我以为自己瞒天过海，殊不知其中出了告密者。我又想起来，他跟我划清界限，我悲伤地去找班导输诚，誓言从此会认真读书。倒是没留心观察，班导是否露出一丝凛然的微笑。

他又说话了。他应该也认定这个时刻，千载难逢，稍纵即逝。我们都足够懂事，看得出人终其一生，遇不着几个把心结给解开的时机。我们比较擅长什么也不做，心底兀自曲折。

他坦承，那四个字挺有效果的，“不要害人”，毕竟是我们从小到大都领教过的规则。我一边听，一边不由得沉思，不过班导的短短数语，再见面已是陌生人。到底是爱的实践？还是爱的匮乏？总之，我有答案了。得着答案的人，不一定更快乐，但被蒙在鼓里的人，绝对是煎熬的。我谢了他，心中有着天清气朗的定静。

我祝他跟心爱之人相互依持，他也这般待我。

把种种情事告知挚友小七。小七发出喟叹，如果当时没有班导阻挠，你眼中只惦记他，不碰书，不准备考试，熬夜抱着电话，天亮再到学校补眠，现在呢，人不晓得在哪儿。小七的感言，逼得我哑声许久。我眼前亲昵交心的友人们，多熟识于高中和大学，汲汲营营于课业，某种程度上褪了我们的感官，同时也回赠了几许偏袒与特权。该怎么说呢，小七太狠了，她在暗示，若我恨起班导，小心被笑得了便宜还卖乖。我笑了，我也只能笑。我该感激那位导师的洞烛机先吗？她细手挪移我人生的轻重明暗，进行修图之术，如此老到成熟。难不成，她也是以一种包藏了恶意与促狭的智慧，深信，有天我会感谢她，感谢她辨识出，我是如此适于这个学历至上的社会？往事斑驳，不堪推敲与追问。好险“如果”最珍贵的价值，在于其永远无法存在。有一回受访，对方提问，“如果你……”，我以接近无礼的急促截断了这问题，说，不，我不接受这问题，因为没有人见过“如果”，你没有，我没有，既然如此，何苦，何必。

但没有人的梦里，我允许自己，想象，两人坐在打烊的早餐店的阶梯上，把当年没有谈完的话给捡起来，如拾起一片恰到好处的枫叶。

那些坏情话

诺贝尔文学奖得主爱丽丝·门罗曾说到自己书写的缘起，可能来自小时候读安徒生童话《小美人鱼》的影响，她觉得太悲伤了，“我认为小美人鱼的牺牲与痛苦应该得到好一点的结局，于是动手改写故事”。至于我迷恋好长一段时光的詹娜·马布尔斯（Jenna Marbles），也曾在自制影片《迪斯尼电影是这样教我的》（*What Disney Movies Taught Me*）中，畅谈她对于迪斯尼“公主系列”的不满，她质疑，为什么所有公主的存在都是为了要“坠入爱情”，小美人鱼难道没有其他值得思考的烦恼吗？好比说，她的人生意义？除此之外，Jenna Marbles也提出她的困惑：这些故事试图传递的观念是什么？人应为了爱情，不惜反抗父母，还得把自己最珍贵的事物出售于女巫？再来谈女巫的诅咒：若王子与你没有结果，你将化为海里的泡沫。一个生命的存续，得交由“是否有人爱她”来决定？这样的教育不会出事吗？

奇幻的是，从前我一度觉得《小美人鱼》凄美动人，非常喜欢。更退一步来说，跟我后续的读物相较，小美人鱼的凄凄惨惨戚戚不过是小菜一碟。多年回首，对于自己小小年纪，跟身边的同侪竟一起堕落、走钟（tsáu-tsing）[1]到这般田地，不得不咧嘴傻笑，颇有同学少年都微贱的莞尔。

我一直很羡慕男人之间性信息的丰沛流动。他们耻笑看片子的人，也耻笑不看片子的人。求学某阶段，班上一位男同学，李生，人缘好得不可思议。李生学业不很理想，在升学班敬陪末座，却没人指点过一句话。我以为李生带给人类的启示是：幽默很重要。一次段考结束，我被重新

[1] 闽南语，有出故障、失神、着魔之意。

指配到打扫校长室后方的僻静区域。第一天，我提着扫帚水桶，拖着脚步，往目的地行去，不料目击了李生的地下交易。他把哥哥私藏的片子压成一片片光盘，干起盗版租赁的营生。五元能借一天，隔日要还，迟了得再扣钱，特定女优的贵一些。跟李生租片的人排成一小纵队，神情自若，跟在校门口对面要一杯红茶冰没什么两样。有人拉着脸跟李生拗优惠，问长租可否算便宜一些，李生正气凛然地宣布，不二价，也不容许要求特殊待遇。排队的人，赫然可见班上成绩的领头羊，连外表都跟《小叮当》里面的王聪明异常神似的某生。见到王聪明也老实地排队，我无端生起气来。那个学期，我有三分之一的时间都坐在王聪明的前面，很多人或许已经意会到我的意思，没错，王聪明负责改我的考卷。我那时对于入学考试并不上心，我妈的说法比较传神：七月半鸭不知死活。回到家也有气无力地翻着讲义，我贼贼地注视父母的动作，想逮着他们出门的瞬间，再火速溜到计算机桌前。个人的不知上进，很容易连累负责改考卷的人（老师们应很认同此语），王聪明起初还会在旁注记正确答案，日久，他倒是大笔流星地一痕一痕撇上。王聪明还讪笑，你何必来升学班。我顶回去，你管好自己的事吧。李生在学业上比我更浑噩，王聪明在他面前却谦虚礼遇，只差没说出如今论坛上的行话：感谢大大无私分享，楼主好人一世平安。唉，在色情光盘的面前，人很难不变得宽容，且谙于看见别人的优点，好比说：李生拥有一位买得起光盘的哥哥。多棒的优点。

相较之下，女生要谈论性，很难经营得像李生那般嵚崎磊落。我尤其记得，自己的挚友曾排除众人，一副“养兵千日，用在一时”的神情瞅着我。她要我诚实回答她一个问题。几秒后，她痛苦地吐出问句，你会看言情小说吗，色色的那种？我被她的正经惊着了，本想否认，偏偏她口吻中的自我折磨绊倒了我，我只得声如蚊蚋地回答，“会……啊……”闻声，挚友如释重负地捂着胸口，她显然有备而来，跟我交换彼此的书单，确认“品味”一致后，进展到下一个阶段，说明她的计划：租一本言情小说八元，我们对分，如此一来，双方都能扩大阅读基础，平等互惠，同时互负保密义务，绝不能告知第三方，我们在看如此不入流的小黄书。

我是到了很晚很晚才得知，很多女孩跟我们一样，性教育的启蒙是言情小说。那时书籍分级制度并不完善，处处是无法之境，我们的性幻想则被滋养得乱七八糟。代价有好有坏。言情小说可粗分纯与不纯（怎么像是在讨论按摩），后者又可细分为小火细滚，中火微滚，跟大火翻滚的（更像是在讨论按摩）。学校里师长们绝口不提的性交画面，在滚书里竟有大书特书的待遇，动辄上万字的篇幅，用字或典雅或唯美，或鲜呛或辛烈。时常把我们逗得，阅读时得一边吞咽口水，一边夹紧双腿，感受窜过全身的微妙电流。一位男性友人跟我招认，自己曾翻过女友借来的言情小说，对于里头那样细细描画男女之事印象深刻，但他仍腼腆地想纠正，“如驴屌般硕大的阳具”并不多有。

不过，夜路走多了总是要撞见鬼的。

那年代的言情小说作家，不晓得是否出自同一家养成学院，特别风行写一种事后被归纳为“虐恋情深”的类型。

若以小美人鱼为单位，里头女主角的际遇，依其“衰小”程度，可能有“三至十个小美人鱼的惨”。故事套路通常是这样的：女主角或家道中落，或父母赊债于人，不得不进入男主角巍峨堂皇的家屋，成了贱卖劳动力的奴婢，或为小妾，侥幸一点则为正妻。男主角有极高的概率是跨国企业的总裁、大公司股东、阿哥、堡主、庄园主人、间谍、杀手，一系列不会出现在“我的志愿”作文纸上，但看起来似乎好棒的职业。男主角大抵含着钻石汤匙出生，女主角则以路边摊的塑胶汤匙打发了事。两人势必要有鼻屎般的误会，好让男主角的鸟肚鸡肠制造出汪洋般的恨意。紧接着，男主角会对女主角做出一连串的卑劣行径。虐书的重点在于虐身的同时更击溃女主角精神，出现违反意愿的性行为（俗称强暴），间或有皮绳愉虐、窒息式性爱，我甚至还读过在马背上，就着大漠孤烟行房的场景。这些麻烈的场景提高了我的“耐虐性”，多年下来，我已能万物静观皆自得地翻阅《格雷的五十道阴影》，心中不兴一丝涟漪。这还没完，完事后，男主角势必得邪佞又冷肃地对着一度忘情投入的女主角大骂残花败柳，女主角只能沉默，懊恼自己的真情流露。如此反复，女主角会出现各式身心症，疲惫、绝望、自厌，重者则有寻死的念头。此际，字数到了差不多能兑现成稿酬的水位，男主角会倏地大彻大悟，宛如被蛇咬到，等待血清快递送来，脑海飞过人生走马灯，发现自己实在太渣太中二。再来，万用三字诀“我爱你”出场，一听到这三个字，女主角便能轻易释怀往事伤情，原谅常人所不能原谅。吊诡的是，我跟我的同好们，时常是抽卫生纸，揩抹鼻涕眼泪，欢庆两人破镜重圆。

女主角没被蛇咬到，情毒倒深入膏肓，我们连女主角都不是，倒也一起毒发。不知是有事还是有病。

待我们都添了些年岁，言情小说的场景发生在一位朋友的身上。那双手，把她抡去撞墙，几日后又端上礼物鲜花。朋友说，得到礼物时她体验到爱，可是她也很不解，小说中一旦男主角涌现悔意，暴力就结束了，为什么她的人生不是这样子演的？鲜花之后，她的眼镜被掷至墙上，坠地时镜片大裂，没多久她又收到了一副新的眼镜，比旧的那副还名贵。我们才恍然大悟，我们对于那些暴虐的情节，起过的憧憬是真的，但也非常残缺。我们都太肤浅，以为一个人只要最后得着了爱，就能将功赎罪地抹消掉她之前所经受的不义，殊不知，那样子换来的爱，比不爱还危险。尤其是见到别人不必走过深渊，也能相知相守时，很难没有怨。我猜小美人鱼在见到自己的情敌，不必经营一场步步惊心的交易，便能理所当然地开口说话，又以天生的双足游走漫步，心底应该很恨。

人之所以到了一定的年纪以后不信童话，很可能不是因为认识了现实，而是出自截然相反的原因：我们认识了童话，比现实更残忍，而我们曾掉以轻心，以为其无邪。

我果真就不再看那种言情小说了吗？偶一为之，如今回头去怀旧那些情节，很难不对于自己当年的心悦诚服，辨识到某种年少颓唐、缺乏病识感的特征。即使如此，我还是感激这些坏情话的翩然出现，从我们这么不问是非地慷慨接收，在深夜里摇着手电筒孜孜矻矻，可以推知当时我们对于跟性有关的故事，是多么、多么地渴。哪怕是一汪坏水，我们也肝胆相照，一仰而尽。

正果与它们的产地

一九九四年,《纽约客》做了一项民调：生下一位功成名就、有交心伴侣及子嗣的同性恋；抑或生下一位未婚，或婚姻失败而没有子嗣的异性恋？有三分之二的父母选择了后者。时隔二十余年，我倒是很想知道，若再执行一场民调：拥有一位注定未婚、却始终自得其乐的小孩；或是在婚姻中饱受苦痛、纠扯，但终其一生均保持已婚身份的小孩？

人们要做出怎样的选择？

睽违十多年，曾以《折翼天使》《中性》等作惊艳文坛的杰弗里·尤金尼德斯，推出了《婚变》，书中谈及一个概念：“在人生成败系于婚姻，婚姻的幸福取决于金钱的年代，小说家有书写的题材。小说与结婚情节一起达到巅峰。一九〇〇年之后，再也没有结婚情节了。”此言不假，婚姻曾经是小说的灵药，作家只要覆下这张牌，便能写意地收掉所有回合。曾几何时，我们匆然来至一个纪元，婚姻再也不是人生的灵药，从前是死生契阔，与子成说，今则不然，与子成说之后，死生契阔的大场面才正要波涛上演。

我的大脑内，储藏着许多画面与影片。“恐婚”的栏位底下，有一幕是：一滴血，从爱波的双脚间，啪的一声砸到地面。那是电影《革命之路》的尾声。女主角爱波伫立落地窗前，脸上的表情冰冷且迷离。爱波站在一个困难的习题之前：在婚姻里，一个人应该退得有多后面。爱波写下了答案，而她的答案即将把许多事都拽往毁灭的方向。爱波本来不是这种女孩，毁灭这种严肃的命运也不应造访浪漫的爱波。但爱波嫁给法兰克，一九〇〇年之后，我们开始正视，一生一世、永不分离的美丽与哀愁。

婚前，爱波决定爱上法兰克的原因无非是：他们都以为自己很特别。婚后，际遇上的落差，让两人先后认识到，自己没能活成原先承诺的模样。法兰克很快地原谅自己，爱波无法原谅法兰克对自己的原谅。巴黎，绝望的爱波想起两人热恋时的应许之地。只要离开美国，前往巴黎，他们会再度成为一对新人，婚姻与爱情，也将在花都里昂然复兴。最后巴黎没去成。爱波崩溃了，她钻进树林里，逗留到很晚。翌日，法兰克要上班时，爱波在厨房里做早餐。爱波声调温柔，耐心倾听法兰克分享工作和升迁。法兰克愉快地结束了早餐，怀抱着一种不切实际的梦幻心情去上班；与此同时，爱波打算为了巴黎，再果敢一次。至于她的感觉，曾几何时，已经不再重要了。

《革命之路》深入刻画阖门之后的婚姻。为了百年好合，人如何训练自己麻木，然后，更胜于蓝地，对自己的麻木麻木。很多人错把婚礼与婚姻解为相近词，以为自己向往的是婚姻，实则是婚礼。婚礼是门阖之前，是光天化日下相互承诺，是爱；婚姻是门阖之后，是密室里承诺的总检讨，是恒久忍耐又有恩慈。

电影最割心的一幕，并不是爱波与法兰克互相以尖刻的言语攻击对方，而是在经受一连串的辜负与冷漠后，爱波仍有那颗心，笑着给法兰克做早餐。这是婚姻的日常，非常不日常，此即惊悚之处。

没有感觉，我常暗自模拟，这到底是多深邃的感觉。

我们太习惯憧憬“我们”了，好像人跟人放在一起，如同把幼猫、雏鹦团在一块，浮想的画面多是一片美德。实则不然，世事多为福祸相倚，没有白吃的午餐。“我们”让“我”得到了归属感，如绳缚，要你安全，也要你手脚不好使。有时，“我们”成就了“我”；有时，“我们”也即将辜负“我”。婚姻，是无数个“我们”的排列组合习题。夫跟夫的家族的我们，妻跟妻的家族的我们，执子之手、与子偕老的我们。世人只见到联袂出席之花好月圆，却无暇思及，也许有人在出发前偷偷吞了一小颗抗焦虑的药丸，才有办法在快门按下的瞬间，压抑住干呕与夺门而出的欲望，尽责微笑；只看见节庆时的大合照，却不曾精心想过，一方有缺，才能成全一方团圆。人有悲欢离合，婚姻是人力资源的重新分配。

恋人们宣布要结婚时，“恭喜你们修成正果”，世人如此祝贺，结婚必然是好的，而不结婚必然是坏的。我们不过问两个人结婚时是否经受了怎样的深度思考，却严厉地拷问着不结婚的人们，为什么不？为什么眼光这般高？为什么要那么爱自己？为什么不死命嵌进世俗的框架？

因为怕真的没了命啊。

这种摘下正果的压力，让人变得口是心非。非得多年后一纸离婚证书，才能让他们坦承：早在交往的某一年，有些情绪已消逝了。

不想结婚的人们，应值得一次鼓励，他们对自己诚实，诚实地说，目前并无把握负担谁的逆境、贫穷、疾病与哀愁。在天灾满布的现世中，他们调节着人祸的比例。而分离的恋人们，也该享有一次修成正果的掌声。他们也修成了正果。这颗正果，拥有自己的形状与香气。

这种经验，不少人都有过：告别一段恋情的数年后，又想起那晚难堪的道别、牵手时的心不在焉、接吻时的貌合神离及床上的虚伪，心底涌现出一股近似浩劫重生的幸运感。当一对恋人，说好了要分开，停止伤害，停止勒索，停止眷恋对彼此的眷恋。收回曾经慷慨交让的特权，把调好的时差又撕开，决定过起不同的季节。何尝不是，正果之一种。

正确的结果从来不只结在新娘的那束捧花上，正果也喜欢落在，察觉自己没办法再爱的恋人的门前。那种正果熟成时，少了目击证人，种种的发生是静哑的，没有夹道拉响彩炮的亲众，没有华服，没有酒汁从堆栈的香槟杯如地毯铺泻而下。甚至，发生时你并不知晓已经发生，难过的人，只解得出这是“我”的悲剧，非得晚到数年之后，方后知后觉，这原来是“我们”的大喜。好险在我的生命中，曾经让错的人错过。负负得正，正果有时需经沉淀，任时光发酵，尝的时候有些酸浊，却对身体很好。

圣母病再见

《家有喜事》，我从小到大看了不下十次。一旦在电视台上转到，就能从切进去的分秒不痛不痒地看下去。这部港片有张国荣、张曼玉、周星驰和吴君如，单把这些人给兜在一块，不分派台词给他们，让他们闲扯，都精彩。剧里，常家三兄弟跟父母同居于一大宅，长子常满与妻子程大嫂结缡多年，但程大嫂受家事牵连成黄脸婆，常满在外有情妇希拉（Sheila）。小时候看此剧，只顾着笑，稍微识事之后，才瞧仔细背后的世俗倾轧。Sheila成功地挤走了程大嫂，从野花成了家花，常满反过头追求程大嫂，不成，再逼问："那你起码告诉我那条法国买的领带放在哪里。"程大嫂不做他想地答复："在衣橱的右边第三个抽屉第四叠第五行第六条。”此一对答很经典，但若细细思量，反有些倒胃：常满还是个孩子。程大嫂之于他更像是个妈。程大嫂走了，换 Sheila 扫程大嫂原先扫的地，做程大嫂原先打理的饭菜，再来呢？常满一个动念，觉得如今程大嫂比较可爱了。

圣母的存在，是为了让人崇拜或耍赖，不是为了相爱。很多人错读了使用说明书，以为自己在火车站等久一些，高铁就会来。

朋友球的父亲，对于自己的婚姻与家庭，只取不给，从不冒风险，非得确认这孩子成了气候，才仿佛割肉地舍个几千元，多数的薪资，都成就了个人的逍遥。家宴上，爸爸的姐姐、姑姑是也，情深意重地跟球的母亲讲谈人生的道理；姑姑说，我这弟弟就是个大孩子，你给他时间，他会长大的。球把这句话端来请我翻译，她很想知道，姑姑的意思到底够不够意思。我沉思数秒，回复球，下回请你务必点石成金，报告姑姑：童婚，是应该被根除的陋习。

没长大的孩子，根本不应轻率地往别人的家里送，若一个不慎送了过去，碰坏别人的宝贝，身为家人，是否不应失了礼数，好歹道歉，好歹赔个不是。这岂非“公民与道德”中应该打钩的选项吗？怎能突然搭肩摇臂并高喊我们一起等他长大吧。这曲风不对劲吧？

这些半成人，有时恃着别人的忍让，有时则是妻子延续着母亲的教育，大队接力似的养出的成品。朋友阿和的父亲，入了家门旋即退化（还是进化？）成沙发上的矿物，寸步难移。阿和的母亲一下忙察看炉火，一下得留心地板是否该吸尘了，上一次喂鱼是什么时候的事，电视柜好久没掸了。十年来无生事，直到阿和的母亲被诊断出癌症，父亲也吓坏了，他宛如少爷纡尊降贵，可惜技术拙劣，既掰痛病人筋骨，那不甘不愿的臭脸也无益病人养生。阿和忍痛掐出新台票，找来声誉良好的看护。他那缠绵病榻的母亲，犹不忘对丈夫的疼惜，请看护为其添茶煮食，提心天气预报，记得在丈夫的床头备上御寒衣物。临终前几天，阿和的母亲感叹，真不敢想象自己走了，丈夫怎么办。母亲一逝世，阿和见到连扭转煤气罐、洗衣机如何开启，都搔头作星际迷航貌的父亲，迟迟领悟到，实在很难办。

这套戏码，我也不是第一天见识。家族里一位长辈，就我回忆所及，她一天到晚都在给丈夫收拾烂摊子。她自己的日子都捻成芯丝，别人得到照明和暖意，她的收获仅存堆栈如恶性肿瘤的蜡屎。一日，不晓得被什么打到、吓到，还是压到，反正，她的圣母病不药而愈了。她觉得够了，够了就是够了。长辈的词汇有限，不像我一位姐姐系朋友，走出圣母病时，以一种近似出家人的静心语气，徐徐清谈，“即使我上辈子强了他又让他暴尸荒野，这辈子也应已还清”。我无从知悉我的长辈是否已明心见性至这种境界，她是长辈，我不敢细嘴。但见她把烂摊子的主人（a.k.a. 长辈的丈夫），横拽直拖到民政局，比登记结婚时更虔诚地问，你愿意吗？谁知对方落荒而逃，长辈只得一再擒纵，刘备三顾茅庐都没这么拼。过招数回，双方的序大人[1]出声了，他们说，他心智还没成熟，你就不能多体谅担待，非得搞到家庭破裂吗？长辈也是别人的晚辈，她不敢细嘴，又回到如人饮水的日子，我们明知那杯水很苦，却

[1] 闽南语，“父母亲”的意思。

不许她喊痛。

时光飞逝，他们终究离了婚。过了关键期仍没长大的孩子，吞了秤砣只会哭喊痛痛飞走，是铁不了心要认真长大的。至于烂摊子主人的母亲，则在长辈于协议书上落款时，发出歹毒的诅咒。我们这一方的人倒是半声不吭，姿态要多低就有多低。时间持续推进，我好不容易把胆子给养肥，问母亲，为什么在两个人首度谈离婚时，明知她遇人不淑，还反过来期许她永无宁日地忍下去。我以为我们应雪中送炭？母亲的眉眼垂了下去，沉默良久。总是这样子的，若她知晓我的话不无道理，但在我之外的世界有另一种人际运作的路径，她就是这样无话可说。仿佛在等待，有日我追上来，追上她，从她所伫立之处，再评断这幅风景。或许我能以全新的角度视物，我能接受有些场合低头比抬头挺胸简单。

我又长了些人事，认识一些人，读了几许文字，我绕进那秩序的最外围，开始辨识到，对某个时代的人而言，女子，尤其是身为母亲的女子，是不得主动求去的，她必须根缚于家，直至所有人都说明了不再需要她，才能熄灯离场。没有人会给一位母亲说情的理由是，她还没长大。我们都太相信，一个女子，若曾打开身体，任生命经过，从此万事都能懂得，众苦都能吞受。

在网络上，见有时人分享改善夫妻关系的神奇秘诀，其中有一理论为男人的心里永远住着一个长不大的小男孩，实践目标为“把丈夫视为大儿子来疼”，每逢此思维，我内心那长不大的小女孩就很想把宣扬这种偏方的人倒着吊起来十分钟，看血液回流入脑他是否能清醒些。宠跟宠坏，一字之差就是云和泥，那界限隐隐细细，一逾越就成千古恨，再回首已是百年身。

珍惜生命，具体的方案之一便是汝不可宠坏他人。不要硬生生剥夺别人实际感受生命的可能性，不要代人受过，更不能替人顶受生命的细小砾磨，莫让一个人本来能轻缓向终章熟成，却被你永恒封存于青涩的扉页。青春的神圣性镶嵌于，总有一天我们不能够再这么任性，是的，总有一天，何妨把青春的神圣性还诸他们，把青春留舍于己。

叛逆期

学英文时，认识了 smother 这个词——窒息。起初相当玩味，这个词跟 mother 恁相似，窒息跟母亲，怎么会这么像呢？两者的意思是如此地迢远。然而，随着事理沉淀，我逐日察觉了这两个词之间的隐隐牵连。母亲时常得不到足够的呼吸。她们想松懈、喘口气时，旁人的言词与指挥立刻追上来，说服母亲们拉着孩子再走上一段路。有时不是身边的他者，是眼前的孩子让母亲感到窒息。他们一下要得太多，一下什么都不要。母亲疲于判断，灵魂与肉身都累坏了。

孩童的第一次叛逆期好发于两三岁时，体现于一连串的拒绝之上，不要、不要，不要洗手手，不要喝水，不要回家，不要去上学。若搜寻相关信息，会懂得这是孩子们从婴儿转变为儿童的重要阶段，他们既有内在的成长压力，也试图探索别人与自身的分际。此刻的孩童，很容易让照顾者感受到，他快要窒息了。这个人往往是母亲。

第二次的叛逆期，发作时间不一。我的叛逆期发生在高中，像是东京的樱花，比九州的迟，又比北海道的来得早。我也不很明白那个时期我在回划着什么心眼。很想什么都来一点。什么人都去搭讪，什么样的情节都去触发。反复在界限的边缘徘徊，忽而踩进去，忽而跳出来。我极想体验越界之后的视野，是否从此不羁？又怕离原点太远，找不到回来的路。

世上的约束，大抵可以用安全带的道理来解释，系上，被拘于一地，得到笃实的依赖感；卸下，则轻盈又愉快。我卸下安全带的时间与日俱增，我迟归又不给借口，我在房间里压低着声音打好几个小时的电话。每遇母亲搭问，我总是顾左右而言他，不重要，不想说，之后再提。母亲没逼我，她在等待，或者忍耐，我不知道，我只知道无论是等待，或者忍耐，都是母亲们精熟的技能。训练一个人，听得懂人话，以及他后续装作听不懂你的人话，需要三分等待，七分忍耐。

我很清楚自己曾让母亲几乎窒息。至少两次。

我永远记得，一晚，隔天要考三角函数。我背着沉沉的书包，跟一同回家的同学萱挥手告别，旋即转身，迈向离家不到五十米的麦当劳。在圆桌上摆了一杯可乐，摊平纸页，为了达成小考及格的目标，埋头苦算起来。我当然想过，于情于理都该打个电话给母亲，让她知悉，我今日得晚点回家，偏偏另一个念头攀上心头，我偏不要，也许我有点想看她伤心的模样吧。这是很幼稚的心态，想通过一连串的无理取闹来得到确信：母亲爱我。我偏深受这主意的吸引，专心运算。十点半前后，麦当劳打烊，我正好拆掉了最后一题，心满意足地踏上回家的路。打开家门，弟已睡下，母亲扁着嘴，电视屏幕亮着，她从下巴到耳朵的线条都绷得紧紧的。她转头看我，仅仅一眼，说，你回来了。下一秒，她起身，走进主卧室。我有些意外，自己竟被轻轻放过，这好运有些沉重。即使如此，我还是没有表现出在乎的模样，青春期的我们，简直把尊严视为一种远超过尊严的存在。我闷不吭声地滑入我的房间，放下书包与手提包，洗了个热水澡，睡了个好觉。

第二天，小考结束，正课之前，萱问，你昨天是不是没有直接回家？宛如一根针坠落，直直戳中我心上最尖、最脆弱的那个端点，我一愣，反问萱，你怎么知道？萱保守地打量着我的表情，生硬地坦承：你妈妈昨天晚上九点来按我家门铃，她问我知不知道你去哪儿了。萱节制着她的语气，让整场对话兴师问罪的本质降到最低。我欺骗萱，我跟我妈说我要去麦当劳，准备三角函数，是我妈忘了。萱结巴了半晌，最后，她以一种被含得扁扁的语气劝道：下一次，还是，打个电话跟妈妈说一声吧，你妈妈看起来很担心。钟响了，我跟萱转进教室。她比谈话前轻盈了些，我则反之。

我们家没有明确的家规。规矩往往是以故事、寓言、一个情境，巧妙地镶嵌在我跟母亲的日常对话中。好比说，小时候我惊人地健忘，时常把我心爱的小物忘却身后，搞得那场所的经理或服务生急忙地追赶出来，气喘吁吁地把东西送上；至于联络簿上，一到五，都有老师的红笔注记，贵子弟今日又忘了带齐用具，可能是圆规、调色盘、某种规格质地的纸，诸如此类。老师后来学聪明了，设计了一个章，她只需在我遗忘的品项上打钩。我不能担保自己是这枚印章的缪斯，健忘的学生太多了，但我估计个人至少贡献了三成。我母亲很受不了阅读我的联络簿，好像拐着弯在数落她当妈的不是。她把我唤至跟前，说，未来有一天，你长大了，你把银行卡遗忘在银行的柜台，你怎么办？母亲的训话也是她的说故事时间，一句“你怎么那么健忘”的咆哮满足不了她。她要求我，必须在脑海内塞进一座银行、一列柜台，以及由于我放了银行卡而苦恼着该大喊，还是该追出来的柜台人员。我怀疑我的写作养成，挨骂的时光也至少贡献了三成。

另一则训话素材，姑且称之为“诚实为上策”。承袭前例，母亲再度为我创造了一个情境，十分逼真，我认为应是她从新闻取材的产物。描述一群小孩瞒着大人，前往一个险境游玩，可能是湍急的河川，废弃的建筑物，或老旧失修的电梯等。不料，出事了，救护车出动，要去搭救那些孩子，周围逐渐聚起一群看好戏的人。故事收在这儿。母亲瞪着我（我屡屡听得太入戏，以至于母亲准备骂人时，脸上还挂着憨笑），宣告训话正式揭开序幕：若你没有告知你的去处，我也能心安理得地站在人群之中，看着热闹，想说是哪一家的孩子出事了呢。不过，若现场搬出来是你的身体呢？你知道吗，我得处理两种痛苦，一是小孩受伤了，一是小孩欺骗了我。这时，假设有人发现，我是这个孩子的母亲，他们会怎么想我呢？这个妈妈也太不负责任了吧，她之前也这样放任她的孩子四处游荡吗？而我百口莫辩。我警告你，永远、不要让我陷入那种情境。父母很难及时阻止悲剧的发生，至少你能让我不要成为最后一个收到通知的人，没有什么比这更羞辱的了，你不要用这种方式羞辱我。

我曾经很谨慎地估算过，为什么母亲要让我学习到一项品格时，总喜欢通过一个庞大的、近乎史诗般的宏丽场景来实践，而不是以一句格言，一段出自名家之手的诗词、散文摘录，来打发我。她难道不累吗？

我从十八岁忖度至今，都能让一个孩子小学毕业了，勉强勾勒出的版本有二：第一，母亲只读到小学，她能信手拈来的箴言有限；第二个可能——也是我中意的版本，母亲的体内，也住着一颗说书人的心，而我，她的女儿，是她“唯二”的（别忘了我弟）、忠实的听众。说教与说故事，她将两者混为一谈，长长的叙事里寄托着对我正直善良的憧憬。说故事很快乐，小孩子因此长了点智慧，也快乐。

不好意思，扯远了。

回到我跟萱身上。

萱的意见，套用到“诚实为上策”的模板，可以得到一个结论：母亲最畏惧的情境发生了。放学后，我跟萱碰面，再度确认，母亲是在晚上八点半至九点前往她家的。萱补充：你妈妈似乎很紧张。她跟我们说再见时，看起来很沮丧。萱的形容让我腹部紧缩，想象母亲，那样一个刚毅的人，觍着脸问女儿的同伴，知不知道女儿去哪里了；想象母亲坐在客厅里，任由电视跟时钟看着她；想象母亲拿起电话，而她的手指，在空中发出苍凉的叹息，这通电话该打给谁，才能够连到我女儿那边呢？而我，她的女儿，是始作俑者，是她焦虑的因，也是果。我追忆起自己站在玄关的当下，母亲说出“你回来了”的神情。在萱告知实情以后，母亲脸上的倦怠，再也不能单纯地以渴睡去解释。她快不能呼吸了。她得暂时远离我，再也不要看见我，才能重拾呼吸的节奏。她必须回到主卧室养伤。想到自己那么轻易地就能伤人入骨，只因那人爱我甚多，好一段时日，我在母亲面前，节制着自己的脾气。

可惜人无近虑，必有远忧。几个月后的一日，母亲在厨房拭着盘子，询问我在学校的生活。她并没有要问我成绩的意思，我却敏感地径自解读为她在暗示我得精进学业。我那天也不好受，忘了哪一科考砸了，或是跟挚友又起了不愉快。我回了一些话，细节已忘记，大抵是“不关你的事”之类。母亲放下碗盘，瞅着我，要我马上、立刻离开家。她说我一点也不在意她，不在意她的想法、她的感受，她双手撑着洗碗槽，孩子似的站着哭了起来。我吓坏了，胸腔抽痛起来。母亲跟我都有一个老毛病，一哭，鼻涕比眼泪先掉，这有时让我们看起来特别伤心。母亲的手上握着盘子，下一秒，盘子扑向地上。母亲的手指向门外，说，你给我出去，你若是不满意我，你就走。我抓抓脸，余悸犹存地踏出大门，惜物的母亲摔了盘子。我在社区的中庭游荡，有些邻居经过，问我怎么在这儿，我一面织造着借口，一面怨怼着母亲，再怎么生气也不应该把我给赶出家门。我自认口吻是轻慢了些，但也不必受如此待遇。我晃悠悠想起那个夜晚母亲怀着满腹的不安，跟萱探询我的下落，坐在客厅里无边无际地想象着我的遭遇，心底幽幽地琢磨着，冰冻了三尺又三尺，母亲的胸腔内结出满心的冰。

父亲也回家了。一看到我，他好奇地问，你怎么在这里？我坦白地说，妈妈在对我生气，她把我赶出来了。父亲陷入长考，母亲素来很爱护我们，这次事端不容小觑。他叹了声气，缓道，跟我回去吧。我仿佛坠于深渊的人，忽见一条救命索垂落，牢牢抓握，又回到了家中。地板上一粒碎渣子都没有。根据我对母亲的认识，她应该是跪在地上，手上拉着胶带，把块块地砖分成无数个小方格，按部就班地粘着。饭菜在桌上冒着腾腾的香气，母亲说，趁热吃吧。我突然觉得十分对不起她，她那么伤心，还是得一小格一小格地重建这个家的安全与秩序。我尚且懵懂，却已模糊辨认出，这种伤心，连同收拾伤心的方式，都是专属母亲这个身份。那顿晚餐，不知所谓地结束了。隔日闹铃响起，阳光拥过的制服，静静地躺在床前的小椅子上。母亲大概也是一回事：你掏了这么多出来，以为要枯竭了，却发现心底某个地方，犹不想放弃。

那个哭到一半得起身清洁的分秒，母亲势必很无助。她一再容忍，然后迎来了百年孤寂。我们在描绘爱心时，倾向把爱心绘制成一封闭的曲线，以为爱是饱满、完整的。可是爱，时常关乎练习。练习坦承，练习掩藏。练习在乎，练习渐渐不在乎。练习紧紧抓牢，练习悄悄放掉。在爱里的人，很难没有问过一个问题：我得舍弃多少的自我，才能完善这份爱。瓶子里若无空间，也少了填装新水的余地，但有时匮乏太多，得到的挹注又太单薄，母亲们只能忍受着深夜里体腔内水声撞击的巨大回声。有时你得摔破一些什么，否则你自己会先破碎一地。那个晚上，若母亲把情绪给咽下，一如她多年来的练习，那么，有个可能，一个不容设算概率的可能，在不远的将来，她的心会代替那盘子，不可逆地碎成片片。届时，我们是再也寻不着收拾残局的谁了。一旦认识到自己也有伤害母亲的能耐，孩子便退无可退地长大了，母亲只能在泪眼模糊中，见证孩子走向成熟与懂事。

等待父亲

我曾在巴塞罗那的兰布拉大道上，哭得不能自已。并非因为遭窃，确实巴塞罗那的扒手多得惹人心烦，走回旅社的路上，得频频使劲拨挡那些亲昵压近的人影。然而，我落泪的原因，是准备前往搭车时，凑巧经过的一幕场景：街头艺人跟一位观众借了他的孩子，孩子起初是情愿的，但在街头艺人第二回表演时，戴上了面具，孩子吓得哇哇大哭。街头艺人哄不住，孩子哭得太彻底了。孩子的父亲，迈开修长的双腿往前，一个弧线把孩子飞拥至自己怀里。孩子继续悲泣，似是暗诉街头艺人辜负了他的信任，然后，那名男子，一会儿拨孩子的头发，一会儿亲孩子的额头，街头艺人举帽作揖，道歉之举，男子指着街头艺人，吐了一串话语，孩子终于笑了，脸颊上尚有湿稠的鼻涕与泪。群众哄出一团暖暖的笑声，我的朋友也笑了，我却哭了，我哭得泪流满面。我羡慕那个孩童，羡慕他受到日子的惊扰时，他的父亲是那样恰如其分地带来慰藉。也是在那一刻，我才愿意望进胸口的窟窿，思量除了黑暗之外，我还能拥抱什么。

母亲说过，我很可能是父亲在世上最珍爱的对象。出身传统家庭，父亲却一点也不重男轻女。或许出于我是他第一个孩子，又善于撒娇。

父亲经营物流业，专门运送高价镜片。这考验驾驶的技术，得竭力减少路面颠簸造成的影响。我时常央着父亲，送货时把我带上。父亲把我置于副驾驶座上，沿途介绍路标上文字的意思，也跟我分享他对于汽车的见解。几个月下来，一晚，他牵着我去见朋友，我们被安排到户外的位置，我对着马路上疾驶而过的车辆指指点点，福特、奔驰、丰田、奔驰、大众、本田。父亲的朋友们不可置信，抚掌而笑。我成了他们的余兴节目，大家都口耳相传，吴桑有个聪明的女儿。有时长途运输，父亲把我置于后座，他要我表演幼儿园习来的歌曲，我又唱又跳，然后我一如父亲所料想的，睡倒在他为我铺垫的棉被与枕头上。我至今记得，自己时常在车身紧急刹车，滚落，被夹在前座椅背及后座椅垫之间，浑浑噩噩地猜想此刻人在何方。上了小学，再也不能这样跟随着父亲，深刻融入台湾的拓扑折叠，以及迷路时见他把车停靠在路肩，打电话给母亲，要她寻来地图指路。我只要听闻他们交谈便感到永恒的安慰，孩子不可能不喜欢父母相互依偎的。

这样一家四口平静安乐的生活或许太遭人妒恨，十岁前后，父亲住进了壳里。他的积蓄被一位挚友倒光了，母亲忧愤地走进银行解了我跟弟弟的长年定存，那是她盘算要给我们日后留学用的。我跟弟弟上学的途中，也不乏形迹鬼祟的人将我拦下，询问，你爸还有跟那个叔叔联络吗？我摇头，心想，怎么可能，我爸根本恨他。那些陌生男子依然不断地将我拦下，要我仔细交代父亲的行踪。有一天他们不再出现，可是病灶已根深蒂固，至今我仍然会因为走在路上被人唤住而惊慑如栖鸟受到弹击。很久之后母亲才为我揭秘，那些陌生人有一日亲自登门造访，要我们透露父亲挚友的下落，他们之中站着一位娉婷女子，很可能是某位大哥的爱宠，母亲告知，我们也是受害者，早跟那人断绝联络，我们没必要骗你，否则我们大可连夜带着孩子们脱逃。那名女子探头，看见在客厅里一对正在嬉闹的孩童，女子又回望母亲，一阵无言，她撤掉了所有人马，从此消失于我们眼前。我反倒很好奇，是什么说服了那位女子，她甚至成功说服了其他人，再也不要来滋扰我们一家人。相较于她或许也是个母亲，我更情愿相信她膝下无子，只是在凝视着母亲那想方设法、戍卫一个家庭不至于分崩离析的神情时，她投以了同为此身的抒情。是的，由于在日后我见过太多被礼教深深啃咬过的女性，坐上了大位之后，反过来用同一排系统去撕扯着那些比她们年轻时更脆弱、更不合时宜的女人。我过于厌倦这种暴力的因循苟且，倾向一厢情愿地在脑海里罗织弱弱相惜的戏码。

有一段时光父亲在壳里，我们跟他的对话如同船舶上的卫星电话，信号断续且不清，只留下带电微粒钻过耳蜗时的广泛疼痛。没有人知晓父亲在壳里运算着什么心事，健谈成了寡言，热情成了冷漠，爱成了漠不关心。他把自己藏得很深。我知道我失去了那个握着方向盘坚定驶向目的地的父亲。我失去了那个会因为我的载歌载舞而奋力鼓掌的男人。我们失去了共通的语言。我时常感受到他在家里，但他也不在家里。我怨那个男人诈欺了我父亲的钱，扼断了母亲给我们构筑的理想大道，更怨他把我的父亲藏在一个我们遍寻不着的地方，留给我们家一个栩栩如生的赝品，这个赝品徒有父亲的容貌，质地却大不相同。他不再对人保持真诚的开放，也不再相信自己值得公正的对待。他过了一段时日才重回职场，有时他是个出租车司机，有时他是个大楼管理员，神采从他的眼中逸散了，他成了个被彻底驯化的劳动阶级，咬紧牙关却也不解世事，遭遇了卑劣的资方处遇[1]，也缄默承受。仿佛他早已在心底预习过无数次，当他先把自己给贬低了，他就能承受别人对他的

---

[1] 处遇是 treatment、traitement 等词的译词，是社会工作者在了解案主问题及诊断预估之后，所采取解决的措施。

漫不经心、视若蝼蚁。

对我而言，考试是儿时节目的再现。对着一行行题目考卷涂上答案：福特、奔驰、丰田、奔驰、福斯、本田。我考上了台中女中。人们口耳相传，吴桑有个聪明的女儿。那时住在邻近社区的同学萱，问我是否有兴趣共乘，双方家庭各自负责一个时段，省去往返接送之累。我以为父亲会拒绝，他竟答应了，神情自得地仿佛我提出了一个很棒的要求。我这才稍稍厘清了，那套绿色制服带给我父亲的意义远超乎它带给我的，这个家太久没有好消息了。父亲对我的期盼很高。我沉迷起网络游戏与言情小说——很可能从屡屡有陌生男子在路上拦截我的那一刻起，我已承受太多——我陷得很深，成绩大幅塌陷，我非但不以为苦，还有些如释重负。有些少年喜欢借由装病来得到父母的谅解，我太倔强，端不出病苦的脸，只能让自己的成绩单看起来一副可怜兮兮的模样。此计果真奏效，父亲步出了壳，尝试拾回我们曾熟稔的语言，但他太久没对我开口了，他忘了那个曾经瘦小得能卡在后座传动轴上方的女儿，一眨眼长大了，他再也不能不问是非地夸她可爱，或者请这个女儿来一首歌。须臾，父亲爆发出一连串咒骂，骂我不知学生的本分，我也反讥回去，暗示先从本分中离场的人绝对不是我。父亲给我堵得哑口无言，忧愁地瞪着我。我以为复仇了，我会感到舒适，并不，复仇是真的，我换到的成就却是空的。

让一个你也爱的人如此伤心，你怎么可能随之轻盈？

父亲以为在那日恳谈后，我会变得勤勉有节。我反而更浸润在消遣之中。时常在三更半夜，趁着所有人睡下，我又蹑手蹑脚爬起来。拨接器声响太大，还得先以外套覆盖收音，连上网，敲到六点，再佯装初醒似的坐在客厅里吃早餐，准备上学。一晚，父亲夜起如厕，撞见了我披着一身夜色而脸上全是屏幕反射的蓝光，他怒不可遏地抄了扫把的长柄，作势要打我。我太过愕然，父亲生平最恨他的父亲老是不分青红皂白地痛殴小孩，所以他举誓绝不重蹈覆辙，如今他竟破了誓言。我过于惊讶，脾气也来了，倨傲地瞪着父亲，开口：“你尽管打，反正你也不在意我，只在意我的成绩，因为你自己没什么可以期待的了。”父亲闻言，整张脸火烧火燎地涨红，我以为我这辈子唯一一次挨揍就要发生，我猜错了。父亲痛苦地转身，摔了长柄，不发一语。母亲被这一连串的巨大声响给吵醒，她步出房外，看到我，看到闪烁的电脑主机，看着地上那孤零零的断柄，看着她的丈夫。她叹了口气，要我们各自回房，将就过了此夜。翌日，母亲把我唤至眼前，问我，你明白吗？你是他的骄傲。你喜不喜欢读书，我不介意，可是你爸爸如今能够珍惜的东西很少。我凝视着母亲，痛苦与难堪的感受涨满了我的胸腔，我明白，不能再跟父亲这样子交恶下去。当我们逞一时之快，以各自的方式糟蹋着这个家的同时，母亲没有想过要放弃任何一个成员。除此之外，我也心底雪亮，那席言论对于父亲势必是造成了莫大的毁伤。

天生万物，乍看各自独立，互不隶属，地底下冥冥自有联络与感应，我们人的情感又怎可能不相互依绕，彼此牵挛纠结。如果要让我从三十岁的此时来分说，我会认为，我之所以待父亲如此，是因为我也渴望着自己能对他撒娇。我希望他尽快恢复成那个带领我，以车身丈量台湾南北广阔的伟岸身影，而不是常居壳内，偶尔走出来顾盼我成绩排行的伤心人。我希望在我为他表演了又一次精彩的余兴节目后，他可以全心全意地好起来。我过于失望，而没有考虑到父亲在壳内太多年了，需要一段时间重拾对于人生的信心，以及，对自己的信心。

数个月后的大学考试，我又上演了一次儿时节目，对着一行行题目，翻找它们所透露出来的信息，与我记忆中的印象相互比对，找出最合称的答案。这一回我又进了好学校，我以为父亲总该称心如意了，他的表现倒有些疏离，像是不敢再僭越，他还记挂着那个深夜的对话吧。又过了数年，一日回家，我看到父亲穿着我的高中运动外套出门，我问母亲，这外套怎么在他身上，语气羞怯得像是在追讨一个过于奢侈的礼物。母亲答，想扔了，但他不肯，径自捡过去穿，他说你高中的学校衣饰都要留下来。母亲又补充，你爸很怀念你高中的时候，他很喜欢载你们上下学。我知道母亲的话只说了一半，父亲对那段时期的怀念应限缩于我们决裂之前，那时我们像是十几年前那样，合作得完美无间，父亲负责驾驶，我负责歌舞，或陪他聊天调剂闷滞漫长的车途，我们一搭一唱，把镜片递送至那些专业人员的手中，接过他们签下的支票，再瞒着母亲跑去吃油腻的炸鸡薯条作为犒赏，到家时，一起演戏，宣称自己还饿。那个夜晚，我责备父亲，我以为自己在等待着真正的父亲。我忘了，玫瑰即使不叫作玫瑰，香气依然芬芳，哪怕是活得谨慎谦微且时常遁于壳内，他也毋庸置疑、独一无二，是我亲爱的爸爸。

反复思考拼凑，眼前渐渐模糊，谁能给我一个清楚的答案，是我等到爸爸了，还是爸爸终于等到女儿了。

秘密频道

每一次去台北工作，总会规划一个行程去见你，每一次见你，总有淡淡的赎罪的心意。好久以前，一个朋友告诉我，她好中意村上春树在《国境以南，太阳以西》里的一句话：“人类在某些情况下是：只要这个人存在，就足以对某人造成伤害。”我几乎是在朋友说完这句话的分秒，就升起了心领神会的感伤。打从很小很小的年纪，我就明白我光是日复一日地生活，就能带给你无止境的痛楚。因着你是我唯一的手足，而世人又对我偏心太多。

我跟你自童年起，就活在别人的耳语里。我们只差一岁，进同一所幼儿园，同一所小学，同一所中学，你的老师多数也认识我，你又特别害羞腼腆，不喜多言。相较于人群，你自有一个完整的内心世界，里面的步调徐缓而经久，你喜欢独自指出事物的名字，即使这要花上你很长一段光阴。你是那种感情下得很慢，却能够惦记很久的人。可惜的是，懂得欣赏这种性情的师长很少，他们更偏好教养我，我多数优点都外显且可供辨识，热情洋溢，又乐于表达，不怕上台。你则是静静地看着舞台上的人们接受表扬，可能鼓掌，也可能不。

母亲说，老师们对你的评语时常让她感到揪心，他们很难不提到，这孩子多不像他姐姐。即使这是一个理应属于你的场合，我的名字还是出现了，如同甩不掉的讨厌鬼。还记得吗，你曾经许过一个愿，希望姐姐消失。你没有给这个愿望上过年限，我们无从知晓，你到底是太难受了，所以许愿我消失一下下，还是很久很久。母亲很舍不得你，偶尔也觉得亏欠，她甚至偷偷揣想过，是不是自己在怀孕时漏了补充什么营养，让你早产了一个月，什么都比我慢了些。母亲渐渐对我很严格，对你却充满弹性。成年前后，我跟你都因为她的差别待遇而埋怨过她，我觉得母亲对你过分仁慈，你则认为母亲待我艰苛，是因为母亲对我有更深邃的期待。母亲抗辩，没有仁慈，更没有什么深邃的期待，一切的一切，无非是她试图让两个孩子受光均匀。她必须交给我阴暗，因为我在外头快要被师长的赞美给晒昏了头；而你，被我给挤到暗处太多年了，她想让你至少在家里，没有别人的目光，可以无忧无虑地亮上一亮。母亲无法改变我们在家屋以外所面临的偏心，殊不知我们在家里，也悄悄地竞逐着她的心。我们都觉得委屈，直到年纪抽长，才后知后觉，最委屈的人终究是她，手心是肉，手背也是，她翻来覆去，只希望我们都快乐。

我心中对你的感情，难以言喻。你在我很小的时候就深深走进我的心里。我都三十岁的人了，还记得自己有多么依赖你的陪伴。你不仅是我唯一的手足，也是我人生中第一个朋友。我至今仍深信孩童之间有其神秘特殊的沟通方式，好似真有电流窜过心，带来微弱的信号，在我们都还是个儿童时，我不必跟你交谈，就能从你的眼神确知我们在想同一件事。在大人面前，即使他们再怎么释出善意地牙牙说话，我仍不免有学习说话的压力，跟你在一起，可以不假思索地用儿童的默契交换信息。你，延长了我的童年。

我也记得自己曾经多么畏惧上学，然而只要看到站在我背后的你，更彷徨也更无助，我就会提醒自己得勇敢一些，要做个榜样，让你感到安全。你上幼儿园时，一下子暴露在过杂的声音里，因而非常惊惶，你是一个那样敏感的小孩。我时常从自己的企鹅班出发，去你的长颈鹿班找你，坐在你的旁边，安抚你，陪你忍受这么多人同时说话的环境。至今母亲跟老师都以为这是一场姐姐护弟的佳话。不，不是的，我得坦承，在我的心内，躲藏着一颗非常脆弱的心，只要置身太多人的环境，我表面上不动声色，心内早已剥落成碎屑，一吹就散。我坐在你身边，是因为你让我感到镇静。我知道我们正在一起承受着我们不喜欢的环境，我幻想我们是故事中的冒险伙伴，共同抵御这世界的风险。我们一同走过狂风暴雨，也一起承担了恶龙的火焰。

你也是我的第一位听众，上小学前，我们睡同一间房，母亲给我们一杯热牛奶，待我们喝完，身子暖了，牵我们刷牙，再来熄了灯，警告我们不能再爬出房间，你会央求，你可以说一个故事吗？我答应你，谁叫我自己也喜欢说故事呢。有一次我把女主角形容得太可怜了，你掉了眼泪，你说，这个小女孩好可怜、好可怜。我见你掉泪，也跟着哭了。我们两个人被我自己编的故事感动得无以复加。我后来真的走向说故事的路，我依然记得我们那时如此年幼，只是为了消遣睡前的无聊，竟能开展出这么多不可思议的对话。

我跟你之间的分岔显现于求学后期。我们就读不同的学校，人们也由于我们制服所象征的排序，而给予不同等级的赞美。旁人对我们的亲疏，逼得你一再倒退，终于退到一个我再也看不清楚的界外。我怎么调转，都连不到你的频道，我再也不能听见你的撒娇跟亲昵。你也尝试对我咆哮，说我的表现，让你的人生，全被写成了一个成语，四个字：瑜亮情结。我对你感到抱歉，我无法禁止人类喜欢把两物放在一起比拟的天性，我只能管好自己，不要太靠近你，我只要太靠近你，你便紧张起来，我希望你不要那么紧张，我跟你保持距离。

我曾拜访我们的初中老师，说明我跟你之间形同陌路人的愁绪，老师同我吐露，你信吗，他比谁都崇拜你，以你为傲，可是他不愿意让你知道这件事。闻声，我哽咽地追问，老师，我才不信，既然如此，怎么会对我口出恶言？老师的脸上泛起了踌躇，过了几秒钟，我听见老师的叹息声，唉，在他心底，你是一个好姐姐。这点我是可以跟你担保的。

我从不避讳跟友人倾诉自己多庆幸，人生还有一个你。然而，我也能明白你的伤怀。我屡屡在午夜梦回时，想起在我们被置放在升学主义的滤镜下，论斤称两地看待之前，也曾同笑共哭。我那时好怕你受伤，也不许其他小孩欺负你、说你的不是，谁能料到，最后带给你莫大痛苦的人，是我，更正确地说，是他人眼中的我。

人与人之间，一旦被放在天平上，就很难相互友善了，他们会忆得彼此的相异，而不是他们共同走过了这么多岁月。我后来只要遇到别人家庭里的手足，都很小心翼翼，绝不轻率说出，谁比较漂亮，但谁比较会读书；谁成就比较高，谁才是那个体贴的小孩。我自己即因为这样可有可无的对比，而失落了一种联系。我不希望让他人之间的亲爱变得困难，相亲相爱本身即是困难的事。

我们先后离开学校，在互不相连的领域工作了一段时日。如鸟翱翔，如鱼舒泳，要如何分说谁技高一等？没办法的。我们又悄悄地，如两棵遥遥相望的树，在地底下，在地面上，根与枝丫，又期待又怕受伤害地朝着对方的方向生长。每一次去台北工作，总会规划一个行程去见你，每一次见你，总有淡淡的赎罪的心意。有时候我上台演说，你也会来看我，你习惯隔着好几层人群，远着一段距离朝我挥手。我刹那间想起二十年前你扯着我的衣袖，低喃，姐，你可以说一个故事吗？

当然好哇。

身为肥狗，我很抱歉

出生在“没有重男轻女”的家庭，我很少注意到，肥狗[1]的存在，对于有些人来说，是会让人忌惮的。直到这些年，在社群媒体上发表言论，每隔一阵子，不乏有人扔来私信关怀，问道：“你这样子锋芒外露，是否想过，会让男人不敢亲近？”第一次被问到时，我真有些不知所措，忖度着该怎么回应，几年后，才想通，这个问题本身就是个问题。我那些写专栏、发表时论的男性友人，没有一个被质疑过，他们敢言的特质是否会让女性们不敢亲近？说得更直接一些吧，这问题背后的潜台词是：肥狗会得到幸福吗？

[1] 来自闽南语中的一句俗语“猪没肥，肥到狗”，有“好处被别人得了”或“不抱希望的反而出乎意料地好”的意思。

肥狗的意思很简单，猪不肥，肥到狗去了。若冠冕在男性身上会闪闪发亮的特质，是由女性穿戴上，在有些人眼中，乱了，形同金苹果落进了铁盘里；母鸡所唤起的清晨，总沾染些黑夜降临的不祥之感。而在某些标准上，我很可能也是肥狗一条。既然如此，实在是有些难为情，偶尔还升起了是否该对此事赔不是的想法。抢了猪的风采，很对不起。猪该肥的肉，却有一部分跑来我身上。真是，不好意思。

我第一次见识到肥狗的求生，缘于一位大学时认识的长辈，先管她叫童姐吧。我们很有话聊，我常去她家叨扰。童姐大我十来岁，是家中老三，上面一个姐姐、一个哥哥。童姐是手足中最有生意头脑的，思路流畅，说话深富说服力，出社会不久，收入已达前段班。童姐的哥哥，不知是生性散漫，或被父母惯着，毕业十几年，炒掉老板的次数异常丰富。家里找童姐，无非是要她给哥哥一些资源，童姐若耽搁了几秒，话筒另一端的咒语便会熟练地滑出："我们家就是可惜在，猪不肥……"为了避免心情受打扰，童姐通常会汇钱结束这一回合。我认识童姐时，她的哥哥似乎又辞掉了第一百零一份工作，我俩聊到一半，童姐的手机响起。她看到来电显示，脸色一掉，深呼吸，按下接听，三分多钟的对话，童姐像个被训话的小孩般，不断地点头称是，好，知道，会考虑，真的会考虑，这不是一笔小数字，我再想想。我以为是公事上的对话，收线后，童姐苦笑着对我说，哥哥吵着要加盟一家店，需要钱，家里问可不可以帮忙。我问童姐，为什么要任由家里予取予求。童姐捏捏鼻梁，叹道，觉得对哥哥有愧呀。姐姐在法院工作，童姐的生意也有声有色。

童姐低喃："亲戚们常调侃我们家，怎么反过来，女生比较争气、有企图心。我的父母也讲过，说不定就是因为这样，才让哥哥情绪不稳、无心工作。久而久之，我跟姐姐都觉得很对不起哥哥。今天换作是哥哥的成就较高，我跟姐姐一定会毫不保留地替他感到高兴，但反过来，却不是这样。做人好难。"童姐的声音渐渐微弱，像一盏趋向熄灭的灯。

在感情面前，童姐也不得松懈。她唯一的一段婚姻，维持了几年，以外遇告终。那女人浮上台面、宣示主权时，童姐为了延续婚姻，推让了案子跟升迁，她记得丈夫母亲的说法，“你生意做太大了，又不懂得做面子给他，他才会喜欢上别人”。童姐挽回的心意未受到珍视，离婚以后，童姐告诉自己，下回要找一个事业成就比她高的男人，她才可以随心所欲地决定，今天要穿平底鞋还是高跟鞋。几年过去，童姐谈了几段恋爱，她发现，成就比较高的男人，多半也在寻觅比较古典的女人。看明白这些情势，童姐释怀了。她迁徙到了一个采光极佳、拥有大理石中岛的家。借由布置她的居家环境，移转着生活的小小遗憾。童姐提醒我，不止一次，你要很谨慎，你的每一进退，都会动摇到你的感情。

从前我只是听，不怎么信，可能我对于感情还抱持着某种质朴的想象，以为只要两个人说好了，就好。我倒是时时想起童姐指尖抚拭着杯沿时，整双手散发出的寒瑟感，以及她跟我说话时，咬字上的前进与倒退。我猜她信了，信了一切都是她的不是。

我又长了几岁。一晚，朋友邀请餐叙。出席的还有朋友的男友，以及那男友的多年至交。我向来很恐惧自我介绍，习惯答得很中性，避免透露太多个人特色，其中包括就读科系。两位男生听到以后，面面相觑，咧嘴一笑，忘了是谁先张口，哇，法律系的，这样的话男人要压过你，很难哦。另一个嘻嘻笑了起来。朋友以眼神和唇语说，对不起，开玩笑的。筷子悬在空中，我心想，还没喝酒，这些人就醉了吗？那一秒钟，我居然又想起童姐，想起她瘦小的身子，置身在宽敞的家屋中，那若有所思的神情。坐在我对面的两位男性，在听到童姐的身世后，会怎么回应呢？我闭上眼睛，想象这人的嘴脸，套上“你生意做太大了，又不懂得做面子给他，他才会喜欢上别人”的对白。哎呀，百分之百速配。那饭局我吃得心不在焉，把饭菜塞进嘴里咀嚼，倒数着告辞的合宜时段。

前些日子，在网络上看到一篇文章，是日本媒体《R25》所做的调查，访问了两百名年轻的单身男性，由他们选出最容易让女生单身到老的职业，第一名是企业家，第二名是律师，第三名则为医师。这个结果让我哑然失笑，看来这两位男生并不孤单，隔着海洋的日本男性，也遥遥应援着他们的想法。人，实在是自寻烦恼的动物，先设定了猪得比狗肥，从此搞得猪跟狗都很累，狗若吃了一斤肉，猪就不能只吃半斤，非得吃两斤，否则猪跟狗都要一起挨骂，挨社会的骂。

肥狗实在是活得如履薄冰，若没有进入婚嫁的状态，很难不被指责“眼光太高”。朋友甲的父母曾上演苦情戏码，“早知道你会这样，当初就不让你念这么高”；乙的父母则走威吓路线，“不要以为你有硕士，就得执着在有硕士的对象”。无独有偶，另一位朋友丙，硕士毕业，还真找了学士毕业的男孩，不料，家中长辈强硬地反对，说女高男低的组合，离婚率特别高。对女性而言，成就如玫瑰，半是浮华，半是苦刺，手放错了位置，是会扎出血来的。真烦啊，小时候考得好明明会被大人摸头的，长大后却反而成了被怪罪的理由——你不该那样突出的。有时实在很想抓着头发嘶吼，还让不让人活哪！

曾在书店里，被一本书的名字吸引了注意力，为了保护作者，模糊处理好了，大意是聪明女人的恋爱哲学。我将书自书架取下，虔诚地翻阅着。作者的主张是，真正聪明的女人会懂得在谈恋爱时，适度地装傻、示弱，即使明知问题的答案，也要故作天真地摇头，并在男伴说出正解时，恍然大悟地赞美对方。每一章节，都是这种策略的换句话说，以及如何成功装笨、装弱的案例演练。作者的腔调带有一种指引迷途羔羊的大度，她三令五申，装傻是一门艺术，真正的装傻会让男人感激，而装傻装过头则会让人误以为你真傻。合上书本后，有点想为肥狗们掬把同情泪，真是莫名其妙啊这人生。好不容易吃来的肥肉，为了被爱，又得藏起来。

如果有人跑去跟埃隆·马斯克（Elon Musk）说，真正聪明的男人会懂得在谈恋爱时，适度地装傻、示弱，说不准，他会一脸不耐地想，看来该把你塞进我的火箭里，飞向宇宙，浩瀚无穷。

如何永远拥有一位女神？

忘记是多久以前的事了，那时候，百万富翁真的是富翁；而女神，也真的就是女神。

在我还不会说话的时候，我妈就擅作主张，给我决定了一段关系。那位女神据传是南岛民族的海神与闽南地区巫觋信仰融合而成。我妈边介绍边拐着弯抱怨我，我小时候体质多么娇弱，夜晚哭闹得死去活来，一位长辈指点，说抱去给祂认作契女吧，给妈祖认养的小孩，会好带一些。从那时起，每逢天后宫祭拜，母亲就会压着我的头鞠躬，顺道骂我，平常进庙白目[1]不认真拜拜就算了，但这位可是

[1] 形容搞不清楚状况、不识相、乱说话、自作小聪明与白痴含义相近的人。

你的干妈。有几次，我好奇地注视着，想看仔细这位“干妈”的长相，细细逡巡祂的五官之后，我下了一个结论，祂长得好像拔下眼镜的训导主任啊。紧抿的嘴唇，长长的眼，一副“我在看着你哦”的表情。

母亲一听，更生气了，说全世界只有我对妈祖这么不敬，竟把妈祖跟一所初中的训导主任比附在一块。反正，香年年在烧，香油钱年年在添，年年我凝视着祂，心底究竟在想些什么，也真的忘了。

第二次遇见女神，是迦梨。牵线者还是我妈。从出生起，我丰沛的发量一直是母亲的三千烦恼丝。一天，她正式宣告，老娘不爽一直给你洗头吹头了，累死！但她还是尽了一点当妈的心意，那就是给我八十块，让我上隔壁街的发廊洗头。发廊由一对夫妻经营。老板长得颇像电视上的师爷，嘴边有一颗痣，痣上有一根长长的毛。他老喜欢一边搓着那根毛一边同我搭话，但我只对他身后一大叠漫画饶富兴趣。发廊的尽头立着两个大层架，放一些发品的推销目录之类，中间一格叠着两大摞漫画，供客人随意取阅。那是老板跟老板娘的收藏。对我而言，上发廊最大的享受不在洗头，而是可以瞒着我妈看一些不三不四的漫画。

这对夫妻，一个喜看爱情，一个嗜读恐怖。我一本一本啃，终究遇见了迦梨——印度神话中湿婆妻子帕尔瓦蒂的化身，击溃阿修罗大军的战女。漫画的情节今已泛黄残缺，只记得男主角个性中二，别人请他敬重女神的忌讳，他偏不，最终招致了迦梨的报应。一翻页就是迦梨腾飞在男主角的身后，颈上垂挂十数个人头制成的项链，飞舞的裙子细看都是残肢与碎骨末。

接着好几天，只要闭上眼睛，就能看见迦梨吐着猩红的舌头，提着鲜血淋漓的头颅在我面前用力地挥舞。诡异的是，三天后我又抽出了同一本漫画，再三天，又三天，我像是被催眠了，每去必借，每借必怕得要死，好奇又难受的情绪攫住了我。这到底是怎么一回事？有慈悲神也有邪佞神，有护生的鬼也有杀生的鬼，那究竟神与仙，与鬼，与精怪之间的分际怎么说明？而人要怎么做，才能得到神的好心指导呢？

这种无聊的思索，并没有太过长命。毕竟，不管是妈祖还是迦梨，敦厚还是暴虐，两位女神都不会降下人间，增加我的零用钱，或是给我写作业。要知道，对于一个小孩子而言，钱与作业，就是整个世界。我忘了迦梨，对于干妈也只剩下过年时意思意思地烧个几炷香，祂们都离我恁地遥远，神起神灭，都不会降下大水淹没我的期中考卷。

时光流转，我遇到第三位女神。这次我非常激动，因着这位女神不仅好看得逼人，还太过像我一位阿姨。那时我就读于初中，已过了对着电视机指鹿为马的年纪，仍阻挡不住内心的投射，频频指着屏幕大喊，这就是阿姨在演戏呀。我妈对我的叫嚷不以为意，凉凉地送出一句，长得像没有用，要命运也跟着像才有意义。我看着母亲，不明所以，只知她在泼我冷水，但那盆冷水的滋味，还需要岁月来教我翻译。

那个年代，并不那么轻易地把“女神”二字往谁身上一框。现在转身去看，我确实是以一种“非人”的眼光在凝视着她。看她扮女鬼，脸蛋却泛着仙气，看她游园惊梦，看她与张曼玉在池畔裸身嬉戏。有好几个镜头，我深受说服，我跟她是不同的。这里的不同，并不是奠基在生而为人所开展的不同命运，而是原始的设定就有歧异，也就是，我跟她之间的差异，不是比例的问题，而是本质。有些人注定活得比别人更为高冷。

可惜这一回，我对女神的痴迷也没有活得太久。放弃的人可不是我，女神有一天宣布，她要淡出了。她于是真的淡出了！她的离去，给彼时的我留下一个空洞，一个悬而待解的谜团：好好的神不做，奈何跑去冷远的地方做陌生人呢？那里的人有我们这般，爱你和迷恋你吗？

很久以前，人类活在无穷无尽的恐惧之中，有太多莫可名之的事情令他们感到害怕。该怎么说呢，莫可名之的事物，往往都带着一些神圣性，好比草茎之抽芽，花之萎谢，人们不能解释河水的流向，也不能解释节气与闰。于是全数许给了神。都是神，神的喜怒哀乐，神的妒忌，神之间的龃龉，神的欢喜与伤悲。启蒙开始，我们知了，自转公转，略呈二十三点五度的倾斜，高速射入大气层的带电微粒……

我一度以为，我们已经不再需要神，或者，不再需要那么多的神。殊不知，一个恍神，满满的女神大平台堂而皇之地在我面前展开。

到底，背后那条神秘的生产线是在什么时候动工，还源源不断地供出新鲜的货料？无人知晓。掉了斧头才有办法召唤湖中女神的时刻，已随着世纪末倾圮。现今是女神召唤人的纪元。每一天，打开电视，都是神的诞生与陨灭，速算女神、围棋女神、超跑女神、撞球女神、应试女神，一台转过一台，“封神演义”一章盖过一章。Lady Gaga 也硬是要弄成女神卡卡。

女神的组成成分与质地亦不断遭到改造与复写。当我们说起料理女神时，可不指望她司掌行铲之顺遂，或保佑酿汤之美味。同样地，也不会有谁在敲进一档股票之前，先对着某位投资女神的玉照敬上三分。如今的女神并不具备法力，且时常受到人的侵扰。

从前是女神把人类置于掌心，给我们渡一切苦厄，也可能女神当下爱上金苹果，转念一想，决定赐给人类最奢华的大祸。对于这些安排，我们人类无从过问，一切都是试炼。现在，人们把所有的女神置于掌心，还爱着她们时，倾家荡产刷周边，午夜练习复杂的歌舞给她们应援；不爱她们的时候，嫌弃她们皮垂肉松，笑骂她们肉毒杆菌打得太多（或不够多）。对于这些爱的进退，女神无从过问，一切都是试炼。

神话中，普罗米修斯盗取天火，拉近了人神之间的距离，引来宙斯的惩罚；而在电影《普罗米修斯》里，人类穷兵黩武，把一批精英送上外太空，想厘清当初“工程师”（他们对造物者的命名）创造人类的原因。他们千辛万苦，终是唤醒沉睡多年的工程师时，后者的反应却是起身追杀人类。很多观众对此情节感到大惑不解，天生万物，何以动念毁灭自己的创造？我在愕异几秒钟后，想穿了，万般都是命，是事之常理，神之常情。

神，以崇拜为食稼。而崇拜的基本要素是什么呢？也许就是一些高，一些远，几分错觉跟少许的误解——但，不也正是这种距离感，让神亲近你的时候，你幸福得快要贫血晕倒吗？

所以，如何永远地拥有一位女神呢？秘方也许是不要站得太近，不要去查找她的背景与毕业纪念册的照片，不要去搜寻狗仔队的偷拍，女神是否蹲在商超面前抽烟，还是让谁的手扶着腰继又滑进牛仔裤内。崇拜建立在距离之上，而所有破坏距离的科技与过度热情，都是在破坏信仰的基础，为难着人跟神之间的感情。

前几天，转着电视频道，妈祖绕境。一名男子伏身跪拜，只求妈祖銮轿一棱。他的脸几乎贴地，双手伸得笔直。男子交出自己的方式是完整的、不留余地的，全数的自我都给分让出去。此景让我既兴奋又焦虑，兴奋的是对于某种神秘力量的指认，真的存在吗？会因此而得着庇荫吗？而焦虑的是，我好不容易看懂了，好几年前，我迷恋的那位女神，为什么会在最好的时刻选择淡出。原来拯救众生的女人，仅有不死的，或者死过的，才能得到信仰。好比妈祖，也好比迦梨。

现在是人创造神的年代，呼唤神，要神给他们服务，服务他们的欲望、他们的矜持、他们的病痛。人注视神，是为了让神也注视他们，他们献出自己，也祈祷神对他们不要有所保留。这种差事，一个活生生、好端端的人，若非被拆成无数面，是办不到妥善回应这些愿望的。那些被封为男神、女神的凡人啊，必然是人前显贵，人后受罪。

前些日子，女神在社群网站上破天荒地更新了几张自己的近照，丰润了些，眉宇间的皱褶淡了些。信徒不再，她似乎更快乐了。

吃与爱

谈话节目上，知性温柔的精神科医师以一种非常悦耳的节奏徐徐述说，吃与爱是很容易混淆在一块的，两者带来的感受很像，当我们自认得不到爱的时候，我们寄望于吃，想要召唤那种情感上的深沉抚慰。很有道理，我们与食物的关系或深或浅都是人际的隐喻。

曾有一段时日，我等待着一段感情的回声，饥饿地等待。

上了大学，认识了阿康，我们同修一堂历史课。阿康不是历史相关科系的，对历史的经纬辐辏却掌握得很沉稳，我很喜欢历史，也不知不觉容易喜欢上对历史充满感情的人。待我发现时，早已习惯在每一堂课结束后，留下来跟阿康讨论教授方才讲述的内容。一日，话题从《吉尔伽美什》顺流而下，一个急转弯，竟来到感情话题。阿康想起什么似的，凝视着我，好一阵子，突兀地开口，其实你瘦一点会好看很多。

与阿康分开后，我把几个男性朋友叫来，请他们老实回答，在他们眼中，我是个胖子吗？之所以找男生，无非是我深谙女子待我是比较仁慈的。这些男生给我的答案并不一致，阿仪是少数待我宽容之人。阿仪说，我觉得你这样很好，看起来很健康，好多女生都太骨感了。其他的男生则交出了一个中庸得让我忍不住想提名他们争取诺贝尔和平奖的答案："不是胖，只是不够瘦。"

我听懂了：我还是得减肥的。我那时懵懂又紧张，以为这理所当然，为了嫁给王子，切掉脚跟、脚趾的蠢事，都有人争先恐后了，我为什么不？不幸的是，我又是个容易钻牛角尖的人，一旦下定决心，常忘了给自己留些余地。

就读外文系的朋友邦子，跟牡丹住同一寝室，我因而认识牡丹。牡丹宣称为了学期末的表演，正在进行苦行僧一般的饮食控制。早餐正常吃，午餐只吃蔬菜，晚餐则是一颗芭乐。这样的约束，自然是难以跟朋友聚餐的。我去邦子的宿舍找她时，几乎每一次，牡丹都在，她坐在椅子上，以慢到不可思议的速度削着她唯一的一颗芭乐。我跟邦子肆无忌惮地吞食着卤味、鸡排、麻辣鸭血、拌面或烩饭，配着甜腻的黑糖珍珠鲜奶，一边看剧，一边瞎扯。我时常能够感受到牡丹在注视着我们，看我们吊儿郎当地戳选着鸡胗、米血还是甜不辣，牡丹把芭乐片得薄可透光，送进口中的频率也很低。我跟邦子时常不忍心，端着食物走到她的位置，问她是否想来一些，牡丹每每受到惊吓似的，正襟危坐，一再强调她很饱、很饱，谢谢我们的好意。牡丹那煎熬的拒绝，至今犹历历在目，我跟邦子都看得出来，她注视着我们进食的当下，仿佛也是用眼神舔过我们手上那些高脂肪、高盐分、高快乐的食品。她甚至做不到不看着我们吃东西。我规律地造访邦子的寝室，牡丹越来越瘦，双腿如签，面颊凹陷。我们劝她该停止了。她摇头，不，我还是很胖。我身上还是好多赘肉。牡丹很坚持，为了取信于我们，她使劲从大腿掐出一小摺肉，说，看，好胖。奇妙的是，理应显得孱弱的牡丹，目光却熠熠有神，燃烧着奇异的神采。我后来才从凯特·摩丝的名言理解到，是什么撑起了牡丹的精神，这位超模说："没有食物的滋味尝起来比骨瘦如柴更美味。"（Nothing tastes as good as skinny feels.）

我很渴望变成牡丹，我以为阿康就是喜欢牡丹这种女生。

我大幅地缩减进食量，晚上则在校园的操场里，包裹着厚重的外套，一圈又一圈地绕，我的体重降得很快，许多朋友指出了我外形上的改变。一晚，阿康约我吃晚餐，我刻意穿上短裤，阿康飞快地打量我的全身，我注意到，他露出的微笑不无赞赏的意味。那份套餐我只吃了二分之一，即放下筷子，阿康殷切地问，你饱了吗？我点头，做出一副撑得很难受的模样。阿康笑得更诚挚了，他果然在期待着像牡丹一样的女孩，纤细，却又让人联想到健康，仿佛一个女人的腿，天生该这么细。他抱怨起他之前的对象，交往后胖了好多，我问，几公斤？阿康说了一个数字，我呢喃，那还是很瘦。阿康很坚定地说，他姐姐始终没有超过四十五公斤。阿康说起他那瘦瘦的姐姐时，我听到的不只是对于身材的标准，也包括对于节制、秩序和自我要求的恋慕。阿康后来常找我出门，也会若有似无地说我变得很好看，这样很理想；我则得状似无心地拨弄盘中的食物，一副毫无胃口的病态，其实我好饿，非常饿，我的饥饿从身子深处吃啃起我的一切，包括我的信心，连同我的尊严。

阿康待我越来越好了，我们相处时，他怕我忘记似的，反复叮咛，千万不要回到以前的模样。多可爱的祝福。后来去找邦子时，她跟以前一样，在我面前摇着食物，我说我不能吃，会变胖。偶尔吞了一小包饼干，都能自责许久。我变得跟牡丹没什么两样，迷恋看人进食，幻想自己也一匙匙地把那淋上卤汁的米粒，或冰激凌般的慕斯送进嘴里。但在别人关切时，则坚称自己很饱了。邦子担忧地询问，你何时变得这样厌恶自己的身体？她看得出来我在惩罚自己，但她想不出来我犯了什么错。她劝我不要再跟阿康见面了。我反问邦子，为什么不？我已经那么靠近了，再踮一下，我就要摸到了。

我羞耻于告诉别人，由于过度节食，我大量掉发，在阿康认为我变得更像个女人的同时，我失去了月经。我有时裸身站在镜子前，只能扭曲地看到一个又浮胖又挫败的身影，充满不必要的肉，不值得被注视。

我如何避免日子变得更糟？听从邦子的建议，我疏远了阿康。阿康问了好几次原因，我讷讷无言，我总不好告诉他，在你面前的那个人，连我都感到生疏。我恢复得很慢，好几年之后才可以正常地饮食，而不再把这视为一种失控。我上网捞寻跟我一样饮食失调的病友，既交换记忆和经验，也比较我们憎恶自己身体的程度。多数病友都跟我一样，背后有个故事，家人、情人、朋友，说服他们变得更好，阴错阳差之下，他们开始变坏。病友多数是女人。feminine，女性的；famine，饥荒。两者的相似是巧合吗？历史上，女人跟食物的关系，始终是紧绷的。我也查找资料，想明白自己崩坏到哪一个阶段。资料显示，饮食疾患很多时候源于一个残酷的理想，我完全支持这说法，问题在于，我们能够做到辨识出一个理想背后的残忍，并选择放弃实践吗？这才是艰难之处。毕竟，我们从小到大都被反复教育，为了理想而勉强自己，何尝不是美德一桩？

放弃节食之后的几个月，一个平凡的日子，睽违已久的经血自体内涌出，我站在厕所内，开心了好一会儿。邦子不止一回在我面前奉劝，对于我们要使用一辈子的身体，怎能不爱啊？而双腿之中汩汩滑出的热液，仿佛身体宁静的回应：我接受你的道歉。

我后来跟人约会，格外看重一件事：在此人面前，我能否无忧无虑地吃饮。学到教训的我，相当明白，这即将影射出我在日后的岁月里，能否享用一份容易的爱。

那些致命的明亮

一个朋友在工地工作。一日同进晚餐，席间有人问他，“在工地非得戴着安全帽吗？写着安全至上的那种”。他停顿几秒，答道，对啊，但也不只安全至上，帽子上其实还写着别的信息，好比说，姓名与血型，若这个人出事了，被送到医院，比较方便后续的处理。那晚吃的是火锅，这对话其实是有肉香在烘托的，听到血型和医院，涮肉的香气变得更深沉了。我暗自点头，这个概念实在很理想。我们也需要一些可以挂在身上的什么，代替主人声明一些不好启齿的倾向。好比说：在我出事时，请不要拿小鱼力争上游的照片给我看，也不要告诉我谁断了一只脚还是站得很稳。A 型的血液不应注入 B 型的人体内，而有些明亮，并不适合馈赠给一条深海鱼，你的好意只会害它瞎了眼。

真相是我们都好喜欢当医生，小时候玩过家家要挂着听筒寻人的心跳声，大了一点则拼了命要考医生，考不上，还是爱当医生，爱给人隔空抓药，如果这剂注在自己身上很好，就莫名有一种悬壶济世的愿想。

我常寻思着人为什么那么轻看孩童的智慧，人生很多难关，回去找幼儿园或者是小学的自己，往往可以得到饶富建设性的答案。好比说，你问他，若见到一个朋友跌倒了，坐在那里哭，首先要做什么事情，小朋友多半很直观地答，安慰他呀。利落、干爽，绝不顾左右而言他，只是扶伤。在孩童眼中，遇到挫折而一时间爬不起来，无论是伤重了爬不起来，或者对方想诚实地为自己哭一场再爬起来，都是值得严肃对待的。

现代社会，仅一种味道是风味绝佳。跌倒了要笑。失恋了要笑。被人倒会[1]了也要从中考掘一些向上的能量。什么样的变故都值得一晒。在社群媒体上，我们常见人端上不亦快哉的爽照，底下赞声一片，恭喜，恭喜，空气间洋溢着岁岁有今朝的喜气；相反地，若见人郁郁放上一桩痛的旧事，或是字里行间有悲伤之意，必然听闻谁在暗地里涩涩点评，离他远一点，他太软弱了。

讪笑的背后，可能也藏躲着一颗畏怯的心，怕此时不落井下石，便难以证明自己的日子多么快活。我也可以明白，“负”这个字，总让人感到潮湿闷滞，像梅雨季，墙上的那片壁癌，晒不干的冬被，只差一个数字就中了一千元的发票。于是，我们开始文过饰非，修改数据好让一切端得上台面；绝不承认，若有谁真心想成就大事，整个宇宙偶尔也会联合起来揍他。抽掉了伤悲的神经，以为从此天天天蓝，却又不由得在深夜里复习起撑伞的手感。

这不是人的矛盾，而是正负好坏，实则双身单影。在胸臆储存一些会咬人的回忆，左膝上放牧一片瘀青，没那

[1] 互助会是台湾一种民间互助、投资方式。“倒会”指因意外情况或集资者携款逃走导致投资无法收回。

么可怕的。它们是另类指南，教你明白，世界上有些地方，你去了，会痛，不去，便快乐；有些物事，你碰了欣喜，不碰，就伤心。

有一档纪录片，主角是一个天生没有痛觉的孩童。旁白说，没有痛觉，正好是“焉知非祸”的一种典型。把一个人的手往煤气罐上摆，他必定给火舌舔得龇牙咧嘴，日后见到明蓝的火，隔着距离，手心已泛起了麻灼的痛。而这个儿童，比别人少了一味“给痛得狠狠往后一缩”的后劲。他的父母对着镜头，愁容满面地说，若这孩子日后给车碰了，会记得把自己送到医院吗？

所以，在此，我想要指出一种权利，是若有人把你的手往明火上扯，你就疼得十指连心。不必假装坚强，不必从中锻出什么削铁如泥的硬道理。

我们都受过教育，尚未明确伤势前，千万不要轻易搬动伤者。既然如此，逼着被生活狂揍一顿的人马上站起来，不是我要说，实在有够白目。

有时候我歆羡儿童，歆羡他们跌倒了可以理直气壮地坐在那边哭，更羡慕的是，很少有人考问一名哭泣的儿童，你是不是未免太伤心了啊？

我们打招呼时，挂在嘴边的老是“你玩得愉快吗？”很少见到谁不识相地问，你玩得悲伤吗？可是，人生这么大的一个游乐场，那么多项设施，总有一样是会让你哭的吧？谁可以童叟无欺地说，自己此生绝无在游乐园掉过眼泪什么的。正是因为什么都太有趣了，时间太少，自己能力又不够，于是不给出一点伤悲什么的，哪衬得起我们富丽堂皇的爱戴？假设游乐场乏善可陈、盘中的那块肉一点也不膏肥、情人身上又无半分质素值得为我所爱，我们确实可以活得无忧亦无怖，而那，是我朝思暮想的境界吗？

我曾在网络文章里，捞到一篇僧侣的智慧（也不知道是真是假，网络上实在太多得道高僧了），大意是，童年时我们会因为玩具不见了而伤心，长大后却不会，因为时光已教我们澄清，玩具并没有那么了不起。若把这份感悟，联结到其他的人事上，我们终将幸免失去所牵引的伤悲。

但，对不起，僧侣大大，我还是想因为玩具不见了而伤心。

太没用了，我知道，可是——我宁愿活得狼狈，趴在地上，因为得不着什么而哭泣。谁叫我真正想要，真正喜欢，真正地对此事偏心。反正，人生不如意十之八九，活得再怎么东倒西歪，也不过是在为旁人示范一个正常人的日常起居。到了这阶段，虽无功，倒也无过吧。

说了这么多，容我在最后贱贱地说，祝你度过愉快的一天。

在台北练习起飞与降落

大学四年，都在公馆度过。拜低廉的住宿费所赐，整整四年，长安居的锐齿不曾咬上我，我有很长一段时日，都轻信这座城市是适宜人居的，浑然不察这份良好的自我感觉，很大一部分来自当局对于公立大学的挹注。那时，我的生活颇有魏晋文人的格调（若也能跟他们一样偶尔嗑点迷幻药就更好了），时常兴起，就拉着朋友从坐落辛亥路与复兴南路的后门出发，在城市的网络中，毫无目的地漫走。虽无法如王子猷一样乘着轻舟，也无法贵气地招来小黄游车河，但乘兴而行、尽兴而返的况味倒是十分相若。我跟同行的友人们往往没有想法，累了或无聊了便折返，但，绝不对捷运[1]投降，有时为了坚持这原则，有三四个小时就这样跟时间厮磨，迤迤而行，漫漫而游。

有回跨年，我跟一位朋友，两个女生，从晚上十点多出发，估计十二点正好赶上明霍霍的灯火。但，毕竟还未成熟吧，心思老是不设防，一直觉得当晚的景致格外有趣，路上的人们脸上浮着一股红潮，仿佛方才从事了有些煽情的行为。人类把时间切割成三百六十五又四分之一的等份，又对其中几个等份格外慎重地看待。跨年提供了某种进步史观的误想，以为我们跨越了什么，事实上我们更像是跳绳，盈盈一跃，最后仍落在原地。那个夜晚，由于我们的注意力不断地跑来跑去，待至人们大声倒数，准备时间一到，发出数十条短信时，我跟朋友卡在半路，好不容易找着一座天桥，三步并作两步地爬了上去，下一秒，爆炸声起，流火浮现。烟火设计师定义了天空，观众的解读各自成家。我跟朋友相视而笑，打定主意再走回去。

[1] 台湾对地铁的称呼。

说来矛盾，年轻时我们还算懂消遣，明明口袋里没有多少钱，但因为我们并不把时间视为一回事，时间于焉也拿我们没辙；倒是几年后，出了社会开始挣钱，却屡屡为了赶时间而选择最迅捷的交通工具，有时得端出笔电，掏出手机，就地劳动。一旦开始赶起时间，时间便从四面八方追捕着你。我们挤时间，时间更是挤着我们。

大学即将要毕业时，一些朋友留下来读研究所，复制了大学四年的无痛赁居。一些朋友开始找房子，为进入职场做打算。我陪后者看房子的同时，也寻思着我的未来，我曾以为我对这座城市不算陌生，但在失去廉价宿舍的扶荫之后，这座城市收敛了温婉的抿唇，第一次，她对我露齿而笑，上下两排，犬齿特别尖（再后来，一位编辑朋友同我分享，她见过更标致的犬齿。她，来自香港）。

朋友珍妮打了通电话，说她在师大附近落脚，我可以去看她。三坪[1]左右，单人床跟衣柜占据了泰半的坪数，剩

[1] 约合十平方米。

下的空间勉强可让一人侧身躺着。这种毫无余地的空间配置，像是一则年轻人跟社会关系的隐喻，我哑然无语。珍妮叫我别嫌，一个月才五千。低价的牺牲也包括，得跟另外四个房客共享一套卫浴。谈到卫浴，又是一绝，里头之窄仄，我简直要站在马桶上才有办法匀出空间让门回身掩上，根本挑战人体极限。想到珍妮日后得住在这样的环境里，心中不免感伤，实在很想说这不是人住的，但珍妮才刚在合同书上落下签名，不好折她的心。

踅回房间，珍妮跟我描述起房东的性格。老实说，也不差她的描述，单凭“把一个三十多坪[1]的空间割成十个雅房，每五人配一套卫浴”就足够把一个人的外表给说光了，至于鼻子、眼睛、身高的，都无所谓了。

环视四周，珍妮动了许多脑筋在收纳上，多么让人怦然心痛的空间整理魔法。整理空间的同时也修理自己的人生。我跟珍妮才聊了几句，有人来敲门，叩得很沉、很用力。珍妮脸色一僵。墙壁是木板隔的，隔墙有耳，耳朵的

[1] 约合一百平方米。

主人也在承受着声音的摩肩接踵，我们声音够小了，隔壁的房客也并非不大方，然而在这么局促的空间，一次又一次地划清界限是无可避免的。几日后，我又陪另外一位朋友去看房，台北医学大学附近，地段好，邻近的气氛舒适悠闲，一整层约二十坪[1]，三房，两万五。朋友一看到实物非常满意，很快地谈成了。她提议算我一份，七千就好，还有公共空间，我才刚见了珍妮的条件，听到七千，心横生生地偏了一下，很想点头，但又掉入沉默。那时我还不晓得如何处理跟自己的关系，而我很相信一件事，当一个人心有彷徨，便不适合做出任何影响深远的决定。我后来回台中，在台北四年的沉积物，都被我塞进邮局的纸箱里，共八个，看着豁然开朗的书案，心底延起长长的愁绪。

那时我正试图重写自己的生涯规划。告别台北。按了好几次重新整理、删除和复原，印出一张看似可行的蓝图。我写字，得到一些机会。鉴于文化活动多在台北，我北上的次数频繁了，上学期间认识的友人对我伸出援手，她们

[1] 约合六十六平方米。

把自己的床让了一半给我，好让我不必赶着搭车南下。

这些女子，她们收容我，把我牵进她们那散发着柑橘甜香的房间（工作的焦虑让她们纷纷沉迷于香氛产品），也想借由我的出现，召唤出某些昔日情怀，好让她们在这座都市里，跟人生讨价还价的路上，不至于太孤单。我最常去的是青的家，青是我的高中同学，租在市民大道上，交通辐辏之地，不管我的活动在哪儿结束，跳上出租车，喊出青的地址，一罐可乐的时间内，就能抵达青的居处。

有时青会把钥匙寄存在管理室，有时她请我等她。青的工作结束得晚，我时常倚着墙，任由知名服饰的灯牌闪光在脸上跳来跳去。在熙来攘往的街道上等青，时常会让我浮现一种错觉，若青让我等很久，我也不至于太寂寥。蛾儿雪柳黄金缕，笑语盈盈暗香去。台北东区，辛弃疾可能也略懂。人类建造的大都会，数百年下来，依旧共享着同一份喧嚣，同一份寂寥。胡思乱想到一半，青出现了，她的装扮，好似日式杂志里那些街头受访的上班族，得足够舒适，好应付一整天的移动，又不能宽松得让人以为你对时尚充满误解。

大学时，我曾修过一门课，教授在台上以理所当然的口吻诉说，一个家庭，最理想的空间分配，是每个人都有专属自己的房间，如此一来，导火线燃烧时，双方都能快速地退回巢穴内，让空间的隔离抵消龃龉的火力。这句话像是一瓶珍贵的佳酿，我在二十岁的时候收到，也知道要装模作样地摆进柜子里。十年后，我将这瓶酒提出来，摇了摇，端给我亲爱的女孩们喝，却见她们浅啜一口，告诉我，这酒不合时宜了。

这座城市，不仅是空间整理的奇幻展演，也有人生关系的神奇调度。

青住楼中楼，上下两层加起来约二十坪大，三万，管理费三千。进出管理严谨，邻居的素质整齐。三个年轻女孩的组合，交通的便利与居住的安心是当初她们相中这个房子的主因。

麻雀虽小，五脏不全。我很难不被晾在浴室的内衣裤吸走目光，没错，三万三的空间并不担保一个得以晾晒衣物的阳台。青换了几次工作，多半与演讲、展览相关。种类齐全的文艺活动，是锐齿下柔软的舌面。青给观众制造精神上的香气和富足，但，实际上，青也像是多数我认识的投身艺术之人，私底下常感惶惶不安。她给这城市注入的气候，无法兑成个人财务上的稳定。这座城市对人挑三拣四，理由无他，有多少人引颈等着进来呢。青提了离职，想转换跑道，房租像头小兽，过往你定时给它补给餐肉，它便绵绵服帖，现在收入短出，小兽在暗夜中哮喘着，紧盯着你停止上升的存款。青脑筋动得快，利落地把亲妹妹给捞过来同住。

青不是唯一这么做的人。另一位朋友讲过一句名言：我不是为了爱情而同居，而是为了独立的卫浴。这句话真是小场面大制作，小情爱大环境，可以放在杂志封面，列于小说的书腰也算称头。她原本一个人住雅房，洗完澡，不能占用浴室太久，得急忙裹着头巾，走进房间吹整。若是冬天，走起来特别辛苦，寒风刺进头皮，痛麻又胀，也预约了明日的头疼。所以，当她陷入爱河时，满心满眼都在算，集满两个雅房，可以升级成一间套房吗？另一位朋友的故事更温馨，跟前男友分手后，还住在一起。理由是租期未满，舍不得违约金，反正一个人又住不起八坪[1]的套房，索性上演情义不成买卖在的戏码。她们难道不清楚距离连带的美感吗？当然懂。只是房租太跋扈，她们也只能在被除以二的房租下，把身体跟身体靠得太近所绽生的别扭跟冒犯，也一一除以二。

我数着晾晒在屋内的胸罩、内裤，空气中散发衣物柔顺剂的味道，撑着头揣摩，这些与我交心的女孩，为什么如此温驯地喂养这座城市呢？

城市的完善高度仰赖着某种对于秩序的渴癖。你步伐缓了些，背后的人就忍不住把肩头递上；捷运手扶梯要往右手边站，不小心挡路了，身后的人蹙眉轻哼一声“借过”。多么训练有素的羞耻心，不仅约束自己，也生怕别人搞不清楚状况。好画面也是有的，深夜十二点过后的敦南诚品，坐我前面的女孩，抱着一本枕头厚的设计图样，夜

[1] 约合二十六平方米。

未央，她还在筑梦，而我那样清楚地看见她的梦境，也被这种不断往上的氛围给渲染了；或是陪着青在东区觅消夜，和那些衣香鬓影的丽人错身，窄窄的高跟鞋，撑不好身体，却扶摇了她们的精神。白昼有光，夜晚有另一种光，两种光在巨大的鼎镬中互不相让地调和，最终韬养出上百种人。所有的梦，所有富丽堂皇、事无巨细的好事，你在这里都能遇见。

《一代宗师》中，宫宝森带着闺女宫二上金楼，木面雕花，金箔紧衔着扶手而上，珠玉光转，浮华奢靡的遗绪缠绵至每一尽处，每一细枝末节。宫宝森转头告诉宫二，有些事情你不来看，很快就没了。台北亦复如此，这一秒钟与下一秒钟，眼看她楼起，眼看她楼塌，那厢有人张灯结彩迎入新品牌，这厢有人正摁灭老字号。最好的与最坏的，最上档次的与最下流气质的，最纸醉金迷的与最清真无垢的，尽被这座城市所囊括。往天空突刺，往地底掏挖，利索地博物，又毫不在意地浪费。我们既是欣赏者，也是置身其中的馆藏。

在我升格三字头的这一年，好多朋友对着我说，想回老家了。在台北多攒的三五千，都被节节高升的租金与交通餐饮赢了回去。他们享用台北，这城市何尝不是享用着他们。

我知道，说出这些话的人们，还会跟这座城市藕断丝连好一阵子，所有宣称自己想离开的人，都得把所有优点给狠狠地复习一遍。我闭上眼睛勾勒，不远的将来，会有一个年轻的谁拎着皮箱与几堆杂物来到这儿，而这座城市半垂着眉眼，默默给这新人进行分类，思忖着如何料理这时鲜的精魄。吊诡的是，给这座城市咽进去又吐出来，那些亮铮铮的细白小骨头，排组起来，可能比我们一开始的肉身，更显得矜贵。

寻思至此，我简直要为这城市的慷慨而感激了。

可是我偏偏不喜欢

我是一个物质欲望不高的人，衣服很少，裤子很少，怎么换穿老是那几件。倒是很舍得掷钱在移动上。对我而言，日复一日的复制、粘贴是相当消耗的。于是，一年之中非得有几天，卖力把自己送进机舱或者火车车厢，在飞行或轨道的起伏中，一颗心跟着上上下下。我时常觉得自己有种迫切的必要，得离开当下的生活，把自己转而扔甩至另一个地域，哪怕是短短数日也好。我尤其喜欢游走于不同的城市中，在鹿特丹、法兰克福、香港、纽约，我都以自己的双足丈量景点与景点之间的距离。

至于台湾，除了台北，我最能安心步行的城市莫过于台南，已经到了能不看地图，从火车站顺行到国华街吃吃喝喝的程度；也曾从花园夜市一路散漫地踩回二二八纪念公园附近的饭店。对我来说，冬季，上了点时辰的海安路最是迷人。海安路肥方方的，游起来不必担心碰撞了谁，纵然是任性地倏然停下，旁边的人也会如同遇到石头的溪水般自然绕避，没有不耐的啧声，一切都心安理得，人口密度与道路的肚量交织出舒适迷人的旅游品质。当我一步一步地往前，沿街商家的客人们，脸上或是给酒精炙过的潮红，或是泡沫绿茶冰镇出的沁爽。我喜欢凭空揣想，这个方脸的男子度过了一个汗如雨下的白昼，那个戴细框眼镜的女孩则好不容易撑过一个客户反复刁难的下午。而热油镬出的爆裂香气，巨大玻璃杯盛装的茶液，都能够果断切分出一个独立于尘世的空间。仿佛只要过了炒三鲜，或是喝了这杯奶盖绿茶，就能够拉撑出一些喘息的余裕，明早晨起，又能想出一套说辞去应付生活的节节逼近。

不同时辰的人会有不同的情调，建筑也是。特别是庙宇。白昼正气凛然，黑夜再访，大脊上的剪黏[1]、交趾陶、蟠龙柱、彩绘墀头[2]、大红灯笼，一一敷上月光，庙宇的氛围一下子偏差了。我这才看明白，人的无助需要有个储存与传递的空间，庙宇何尝不是仰赖着鼎盛的香火为其撑腰？怪不得“迌”这个字特别入我心眼，一日一月，底下则是奔走的变形。你不能只在光天化日之时造访一座城市，入了夜你更要迤迤行经。太阳底下没有新鲜事，别紧张，月亮底下，还有；你熟习的景物都在，也都不在。

有时移动的距离很长，进入一个全然陌生的场域，浸润在一窍不通的语言中，感受空气中湿气的变化，那里的水尝起来的质地，旁观当地人的谈吐以及他们挪移手脚的频率，你会得到一个预料之外的反馈：在外国的月光下，故乡的草更绿了。越是明白别人并不这样过活，你越能看出家乡就是这样过活的。你再也不能理所当然地看待自己

[1] 剪黏又称剪花，与交趾陶同样源自闽、粤一带，属于镶嵌艺术的一种。一般是将陶瓷以特殊工具“剪”成所需要的形状，再“黏”在以灰泥塑成的粗坯上，故取其做法而名为“剪黏”。

[2] 中国古代建筑构建之一，是山墙伸出至檐柱之外的部分，在两边山墙边檐凸出，用以支撑前后出檐。

的理所当然。家如点画，近看不过是颗颗模糊的雏膜，得隔上几步，线与面才能脱胎出轮廓。

我曾试图把自己对于移动的瘾告诸他人，但这社会上隐约有另一种声音抵触着我的兴致，那声音说：但那些游历都算不上什么，好，你说科隆的大教堂很美，但亲眼见上了又如何。或云，一年的车票钱累积起来，放进银行里作为头期款，岂不是更好。我们的文化对于物质的焦虑，以及对漫游的轻看，在令我精神疲劳。在这种氛围下，移动，依然被某种勤有功、嬉无益的信念给约束着。空运而来的货品往往比较贵，世人便以为人也应比照办理，若你下了飞机，没有比登机前行情更好，你的飞行与降落，他们说，都是浪费，你蹉跎了你的青春，没有在最好的时刻，累积出最亮眼的履历。在这些人心目中，人生好像一纸连连看，从写着一的点，画一线至写着二的点，中途不得摇摆，也不得节外生枝，得一心一德地画到最后一枚小点。我懂得这不需思量、机械性生产出的安心感，标准规格，品尝起来都一样，不会有期待，也不会受伤害。我也曾专心致志地连着别人分派给我的图纸，做一个有耳无嘴的乖小孩，怯于质疑这项安排。然而我越是描线，越是陷入沉默和忧郁。我日益认知到，我天生不是个能安于连连看的人，我得撕开手上的图纸，从零开始。

金庸的著作，我最钟情的莫过于《白马啸西风》，尤其是书末一段：江南有杨柳、桃花，有燕子、金鱼……汉人中有的是英俊勇武的少年，倜傥潇洒的少年……但这个美丽的姑娘就像古高昌国人那样固执：“那都是很好很好的，可是我偏不喜欢。”少年时读到这行字，暗自认定这就是我可以奉行一生的圭臬。上半生学习鉴赏的品位，能够指出世上凡物，都是很好很好的；下半生希望自己能长齐个性，能够如同李文秀一般，拥有不与人同的自由。

曾深受一位网友 A 的文字感动。我是在一个专门讨论旅游的论坛上遇见他的文字。点进个人页面后，才得知 A 身染重疾，最差的情况即不久于世。A 没有明说自己的疾病为何，倒是细细梳画他的日常生活。在想睡的时候就寝，想下床的时候离开棉被；肚子饿了才吃，渴了就摄取液体。多半时刻，A阅读，以及大量地旅行。他说，身为一个几乎挂着倒数警钟的病人，没有人胆敢期待他乖乖坐在办公室里敲出让客户满意的数据，或西装笔挺地在摩天大楼的其中一层，与客户交换得宜的应酬语言。A被医生告知诊断结果的当下，不是没有大哭几场，但眼泪蒸发后，他重拾了生活，行止只有一个基准：活着，活着就好。在这样的基准下，他活得比谁都更像个人样，我不能更嫉妒了。他不晓得明天在哪儿，但他很清楚自己的今日落于何方。反观我们，病态地追逐日子。庸庸碌碌到最后，竟连一句“可是我偏不喜欢”的余裕，都得在暗室，趁着四方哑然，偷偷地练习：是的，我知道，我都明白，哎呀，你说的那些，进修、考公职、存头期款，增加竞争力，都是很好很好的，可是我偏不喜欢。

思及此，我又忍不住想打开网页，打一张票，漂流至这些流言蜚语追赶不到的地方。

恋物记

相对于人，我更倾向与其他动物相处。若不得不前往陌生人家中，我会在心内用力祈祷，希望那个空间里有狗，或者很多猫。人很有意思，难以忍耐他说话时，你的注意力不在他身上，却有个例外：你把注意力挪移到他的孩子，或者他的“毛孩子”之上。我只要伸手抚摩，发出语焉不详的声音，试图跟那户人家的宠物建立关系，主人便非常悦然地说起这孩子的来历。故事偶尔得从一场春雨说起，见有猫瑟缩于屋檐下，于心不忍；或者上山扫墓，亲戚突然发现草丛里，野犬生了一窝，凝视良久，忍不住捡了一只返家。

每只宠物的背后，都有美如诗歌的典故。

宠物是相当安全的话题，属于生活，又与婚姻、收入、升迁无涉。说那猫的毛色顺滑如太妃糖，那狗的脸如娃娃般精致。都很好。要夸奖别人的小孩可没办法这么轻松，小孩听得懂人话（虽然他们常假装听不懂），你得很谨慎地给予评价，稍有不慎，便碰坏了他们剔透的心。对宠物，则不必那样拘谨，一直呢喃它怎么长得这么可爱，重复十次，都还在可以忍耐的范围。

宠物很少让人感到心痛。即使别人家的小猫、小犬、小鸟比较漂亮，还上手一堆伎俩，人类竟也能对于自家毛小孩的一事无成，骄傲依旧，仿佛自家的宠物越笨，越衬得自己对它的爱天可明鉴。至少，我的家人便是如此，每逢生人来，问，你家的鹦鹉会说话吗？有把戏吗？我妈的眼珠骨碌碌转一圈，亮出眼白，说，就不能让它们专心地当好鹦鹉吗？我就是喜欢看它们什么也不会。只知道玩，只知道跟我抢瓜子。我一再地被我妈那正气凛然的口气给感动。同时也纳闷，我们家鹦鹉什么都不会，有什么好得意的？若今日谈论的不是宠物，而是人子，我们早得夙夜匪懈地挖地洞了。

从我妈那听来一个故事，关于一个女人与她的狗。

女人有夫、有子，她又抱来一只狗，全心全意地爱它。一年，她跟朋友外出旅行，丈夫跟孩子凑巧也出门访亲。女人把狗送到了要价不菲的宠物旅馆，设有监视器。登机前，女人按照店员给的指示，连上画面。狗专注地注视着门口，那是女人消失的地方。旅伴建议，先关掉吧，待会儿就跟其他狗玩在一起了。女人没有吭声，手机收进口袋，心事重重地上了飞机。飞机一落地，甫接通当地的网络，女人又压抑不住地打开网页，狗维持着近乎相同的姿势，像是画面尚未更新似的。女人吓一跳，飞快关上，跟着朋友赶路。前往市区的快车上，景色一格一格地倒退，那是一座绝美之城，却进不了女人的眼底。女人的心里有一抹模糊的影子，那影子摇着尾巴，等着她。在旅店下榻了，女人拨了通电话给宠物旅馆，问，狗还好吗。店员回应，吃得很少。女人鼓起勇气，告知朋友，她要更改机票的时间，打算提早返回。旅伴不可置信地发出惊呼，见女人态度坚决，旅伴转而笑骂："早知如此，当初不让你找有监视器的住宿了。"又过了好几年，狗以极高的年岁过世了，女人又出去了，这回她在海外待了非常久。家里的每一个角落，都有那只狗探索过的痕迹，她待在里面，没有一秒钟不想起那只狗。狗的幻影，瞻之在前，忽焉在后，忽跑、忽卧、忽奔驰、忽四脚朝天、忽双手交叉娉婷静坐、忽杏眼讨摸。几乎可以说女人的生活是沿着狗的心愿去裁切的，有些时辰要留给狗，有些星期要记得买鸡胸肉，有些月属于牵着它去修指甲和做基础美容。找人来装潢家屋时也得顾忌，狗的旋身与冲刺，新购沙发的质地是否合于狗的贴身躺卧。女人付出甚多，却不曾觉得匮乏或可能干涸，狗比谁都挂念她、需要她、恋慕她，丈夫跟孩子常忘了她喜欢什么，狗不会，狗就是她的喜欢。狗不在了，女人的日子却满是狗的齿痕，女人离开家，她内心有个洞穴是那只狗挖出来的，除了那只狗，谁都进不去。

这种他人因爱宠过世而有多伤心的故事，在我眼中，跟别人撞鬼的真实经历没两样，听听可以，千万不能自己遇上。我的心胸太狭隘了：常人能够轻易放下的，我总是挂念多年，何况常人舍不得的。那太可怕了。

不过莫菲定律说，你所担心的，总是会发生。

我们家迎来了一只鹦鹉，我懂了所有的因缘。

说穿了，我们总是忌惮与人相爱的。唐义净三藏法师所译的《佛说妙色王因缘经》，由爱故生忧，由爱故生怖。跟宠物的爱，很少带来忧怖。狗提供了，你的给予，绝不至于被辜负的快乐；而猫，更像是某种练习，练习去接受，不被理睬并不表示不被爱。至于鹦鹉，我也说不上来，兼而有之吧。鹦鹉不仅是我眼中的苹果，也是天空的延伸，见它拍翅、滑翔、悬停。鸟类能以全身的肌肉影响空气流经它们身体的模式。造物者在创造它们时，想必灵机一动，才思泉涌。人类得那么卓越，才能争取到驻留天空的一秒，而鸟，那是它们的基础本事，它们天生属于天空，人们凝望它们的身影，写生出“翱翔”这个词。

我喜欢他不理解我的语言，他的语言，我也不理解。如此一来，他任我浮想联翩，我喜欢看着他呢喃，你知道你是全世界最美的小王子吗？你是我见过最完美的、最完美的动物。我喜欢对家中的鹦鹉抛掷过于浮夸的形容词，而不必心虚自问，我是否将把他宠坏？我这个人，有个坏习惯：倾向从别人的眼神拼凑出自己的长相。久而久之，一旦跟人过于亲昵，即使对方缄默不言，我也会伤神自己是否失了言或错了方寸。在他身边，我意识到自己多么需要一个不可能理解我处境的存在。

偶尔（但比我们以为的更常发生），理解本身反而遂行了伤害，生活中多数的疼痛都来自那些明白了我们的人。跟他相处越久，我越能摸索出，多年以来，我始终等待着一种礼物：可不可以不要跟我说话，又留在我身边？

好多位朋友埋怨过我对鹦鹉的专情。

他们一边从背包内掏出要给我的礼物，摆放在桌上，一边咕哝，你太卑鄙了，喜欢猫跟狗的人好多，但像你一样，特别中意鸟的人好少，所以呀，路上看到鸟的精品或小玩意，竟觉得有义务、非得买来给你。我早已听不清楚他们之后又说了什么，径自把玩起他们送上的文具或布偶，规划着带回家之后，得摆在哪儿才足够醒目。

欢乐有时，哀伤也有时。去年鹦鹉的体内多了一颗肿瘤，我们举家食不下咽，一下了班就往他身边去。他没为难我们太久，走得很快。他离开的那个夜晚，我们都在，一一泪流满面地抚过他吃力喘伏的身子，同他道谢。得他十年，太多幸福，太多幸福。他这么轻，不到五十克，却是生命中不可承受之轻。

他是我们家的最大公因子，好几个晚上，家人忽有争执，又怕惊扰到他，只得静了音量，无形间阻断了分歧的绵延；他也是和事佬，再怎么不情愿和好，只要一方先递上他的照片，就是保证有效的橄榄枝。

母亲接受了我的说法，把他安葬于一盆桂花树下，我告诉所有人，想象有朝一日花瓣张开，如他的展翼，想象他只是换了一个形式常伴左右。母亲许是信了，从此殷勤地照看那盆花，花病了，沁出斑点，她焦急地抱着去给人检查；如同我们当时抱着笼子奔进兽医院，兽医师一看，深深叹息，治疗你们这种人的宠物，压力特别大，从你们是抱着笼子而不是提着，便看得出来你们多爱他。母亲给桂花喷药，日日按着日照倾斜而挪搬盆栽的位置。

前几个月，一日我仓促返家，又赶着出门，扶上门把手的刹那，母亲幽幽开口，你没发现家里有哪儿不同吗？

母亲难得对我有情绪，我知有大事发生，把家里前后仔细地端详，仍不得所以。母亲叹了一口气，你没发现吗？桂花树开花了。闻言，我连忙奔到花前，花瓣张开，如鹦鹉轻轻展翼。

我感觉到有小小的、毛茸茸且轻暖的什么，抖擞着跃进我心中那自他离去后，日夜沁着血沫的窟窿，并完美嵌上，止住了血的静流。然而，跟母亲比起来，我的心事算不上什么。母亲没有遗忘他，一秒钟都没有。

她从海上来

我时常想起母亲，在国外的时候。在科隆的教堂，在巴塞罗那的大街上，在纽约的苏荷区，我总会一个恍惚，想起在我那小小的家乡小小的家等待着我的小小的母亲。当我看着城市的天际线被建筑物啃得凹凸不平时，我拍下来，传给她看，然后她问，你平安吗？

母亲的学历止于小学。对于小时候的我而言，这是一个中性的陈述。有人的母亲是博士，而我的母亲只读到小学。在我眼中，就跟苹果有红色的，也有青色的，虽然红苹果较为多见，但也不能排除青苹果的可能性。老师按年发下家户调查的问卷，我总眉眼不眨地在父母的学历那一个栏位上，勾选初中和小学。而随着我进入高中、大学，身旁的人对于这件事的反应也长出了层次，讶异、不解，带着一些好奇。尤其是差我一岁的弟弟，也紧追在我的脚步之后，进入了声誉颇好的升学高中就读，有些父母来跟母亲请益，想询问她是如何安排教育的，我跟弟弟又没有待过什么补习班，怎么那么“会考试”。母亲往往受宠若惊，不无忐忑地回答，我并没有给他们安排什么啊。有些人带着懊恼的神情回去了，可能一路叨念着母亲的藏私。身为母亲的女儿的我，得在此重申，母亲确实很少给我们额外规划些什么，她只是在修复儿时遗憾时，带上了我们。

而一切来自于此。

母亲的学历止于小学，是外公的主意。外公很早就公开心证，母亲小学一毕业，就得外出打工以贴补家用。母亲的导师知情后，特别造访母亲的老家，试图说服外公，让母亲继续升学。母亲说，她远远见到导师的身影，赶紧溜出家门，躲在邻近巷口，怕她在场，大人不好说话。一边躲着，一边忍受胸腔内那急速搏动的焦躁。母亲拼命祈祷外公会回心转意，自己能够跟其他人一样，无忧无虑地坐在教室里，理所当然地学习。导师青着脸踏出母亲老家时，母亲心一沉。导师辩不过外公的执着，外公并不认为女儿坐在教室里，握着铅笔，摇头晃脑地朗读课文，能让他多买上一瓶酒。而在工厂的生产线上站着给渔获分类，能。

升学路断，母亲疾奔到邻近的小山丘，望着海，不能在父亲面前表达的，火烧火燎的幽怨，悉数化为泪水。日落星升，母亲想到外婆应是在等她，她擦干泪水，心灰意冷地走回家，几天后她成为女工。

那年，她十二岁多一些。

母亲也为自己的人生卖力挣扎过。在工厂安顿之后，她请几位“小姐姐同人”给她圆谎，瞒着外公，报名了夜班。钟一响，母亲奋力踩着别人暂借的破铁马，哐啷哐啷地去上课。平常浸泡在酒精中醉生梦死的外公，对于钱倒是很精明。没多久，外公算出母亲上呈的加班费有短缺，当下冲往工厂堵人，眼见纸包不住火，同人们只得吐实，她读书去了。母亲下课返家，外公怒不可遏地把她抓来痛打一顿。母亲退了学，之后几十年，她都没办法回到教室里头，听上一个钟头的课程。很有可能，她整个人的一小部分，也被彻底地拘留在那个挨揍的夜晚。母亲曾教我一个方法：如果很伤心，就对着海哭，想象痛苦随着海浪快速后退，离你远去，一个小时不够，听一整个下午。很多年之后，我踏上了澎湖，来到三十年前承担母亲眼泪的海，我才认识到，母亲说对了一半，对着海哭，并无法止复我们淌血剥落的知觉，只是让海涛取代了心声，只是不再留神倾听那发自内心深处的叹息。

母亲很少讲她在成为“母亲”之前的事。纵然提及，也是草草带过，一副“没什么好说”的模样。我也是这几年，才慢慢了解到母亲为什么避谈她的往事，过于苦涩，光是回忆，心就似有石子在磨。

十二岁被迫辍学，十四岁，母亲在外婆的建议下，独身踏上了航往高雄的船，薪资都往家里输，留给自己的很少。为了省钱，半年才回家一次，回澎湖的船票价昂。在台湾，母亲一口澎湖腔的闽南语，常遭人弃嫌、嘲笑。她那时跟一位“本岛”的同人交情甚笃，下班后，母亲请那位同人陪她聊天，母亲想从她身上模仿“标准”的闽南语；其他的闲暇时间，她继续学普通话，工厂内的报纸是她的免费教材。报纸一下子就过时了，母亲拿来练字，也没人闲话。母亲是这样子自修的：她读报，右手提笔等着，一旦出现了生字，圈起，搬来词典翻寻，紧接着在报纸余白处重复抄写，直至完全记熟了那个字的形、音、义。除此之外，母亲也观察到这些讥讽她口音的人，是有痛点的：他们也因自己的“台湾普通话”而被社会上其他一批人讥讽。

从小到大，目光中的母亲，认字渊博，还说得一口字正腔圆的“普通话”，我于是错读，以为六年的教育就能陶养出这些。后来母亲揭晓个中心情，我恍然大悟，这是母亲的求生之道：普通话说得“好”，会有一层保护伞，让说“台湾普通话”的人不敢再轻率刁难母亲的澎湖腔。

母亲的普通话日益标准，好几次被误认成外省人。

弱弱之间也许能相互抚慰，但他们更可能相互凌压。本岛的与离岛的，本省的与外省的，母亲无意识地调换着符码与象征，只想要配出一种命运：不要再被人霸凌了。

也是在这阶段，养出母亲如瓜果般，沉沉个性里那清爽的香气：她不但痛恨贸然地分说一个人好坏，还有本事忍耐别人指着她胡言乱语，心湖一片静好，波澜不兴。我则不然，老是一而再，再而三地为了他者似是而非的评语而黯然落寞。母亲莞尔，若我在十四岁的时候，像你一样玻璃心，早寻死寻活了。我明了她描述的是真实，只是她依然改变不了，她的女儿有一颗过于透明的心。

母亲以长女的身份守护了她的家庭。在本岛生根后，外公基本不捕鱼了，成天意兴阑珊地晒网。母亲意识到断炊的严重性，把手足一个跟着一个接来高雄。高雄百业待举，找工作并非难事。投入劳动的人口变多了，这个家看似即将拨云见日，母亲骤然罹患重病，牙龈肿胀，吞咽困难，近一百七十厘米的个子，消瘦到三十八千克。医生说唯有台北的医院有技术收治，闻言，母亲反过来安慰外婆，说她累了，这样就好，不用再治疗了。母亲算过了，高雄到台北的交通往返、住宿和医药费，累计起来，这笔庞大的支出会再次压垮这个家庭。母亲瞒着外婆，把大妹唤来榻前，跟她嘱托，我若走了以后，你也要学我一样，撑起这个家。她的大妹——也就是我的二阿姨，答应她，若事至尽头，她也会学习姐姐，辞去学业，拉拔弟妹长大。这个桥段，母亲只同我讲了一次，她事后奇迹似的以一帖中医的水药渡了关。但在意识如钩下坠，感受自己即将蒸发为云雾之际，母亲跟我吐实，那时她觉得就这样子走了也无所谓。活着有多少幸福，未曾有余裕细数，倒是很想再投胎一次，看看是不是能有更好的生活。

我问过母亲，为什么想要拥有孩子？母亲说，前半生，她最常有的情绪是孤独。长年在外拼凑家计，跟家人相处的时间很短暂。等到日子不再那样匮乏了，手足一一成家，她反而困惑了，那她呢？于是她渴望孩子了。母亲打过一个比方："像是你正好把家里给布置得很理想，看了看，很满意，这么舒适，怎么不再邀请一些人来呢？我邀请的人，也就是你们。"

于此，我想要退后一些，去讲我自己的看法，以我的心眼去拆读母亲未竟的词语。我偷偷想过，母亲之所以渴望孩子，也是想通过与我们一起生活，去让某些她永远朝思暮想、却也永远得不到的氛围，得以再现，而这一次她能够不被辜负。我说的正是童年。童年是，儿童不做他想地活在属于他们的时节里，无所事事，却对整个世界都了然于心。同时，我们很难去否认孩童带来的未来性，孩童，很难不敦促我们，对于这世界即将发动的声响与事变，更严肃关注，我们今日制造的是非，也会延续成他们生活的一部分。孩童的存在，提醒我们，活在当下，也要活在未来。而孩童的未来性，有时也能够逆向地渲染当事者看待昨天的目光。母亲借由送给我们完整无伤的童年，修补她自己的儿时遗憾。

我三岁多一点时，母亲把我们姐弟从奶奶身边接过来同住。平日她把我们安放在幼儿园，假日时她喜欢不着痕迹地把我们牵入科学博物馆，一来就在附近，二来她自己也想看上一看。我们三人一同见识细胞分裂、恐龙灭绝，哺乳类幸存的关键；更对于巨齿象和噬菌体的外形激赏不已。我对于动植物萌发了浓烈的兴致，势必得认读广告牌上的介绍文字，母亲在我后头一行一行朗读，不忘跟我解释意涵。博物馆以外，我们也去书店，这其实是她个人最享受的自学时段，为了安抚我们，她跟我们谈条件，离开时我们能带走一本我们喜欢的书，或者两本。我跟弟弟从母亲那犹豫为难的语气中，误信书本是什么贵得要死、其他小孩会拼命把握的奖励。先前进入安静场所而翻涌的躁动，瞬间转化为狩猎般的冒险。对于孩童而言，跟父母出门，带回一两样专属个人的礼物，总之是神气的。

曾有一回，一本书的插图吸引了我的视线。文字没附注音，有些段落我跟得很吃力，我抱着那本书，请母亲念给我听，她从自己的书本抬起头来，迟疑几秒，说："妈妈也在读书，你可不可以挑一本更简单的，自己读？"语毕，她的目光又落到书上。我至今仍忘不了那暗淡的心情。我以为母亲会放下书本，但她没有，她把书本抓得更牢靠，仿佛那是一张船票，她乘上船，前往更丰饶的他方。也因为如此，我之后也把书抓得很牢靠，不太情愿放下。大学时期，女性主义的课堂上，教授请我们留心周围的性别分工，包括电影中的情节呈现，若孩童惊扰了父亲的工作，势必得有一名女性跳出来，把孩子给带走，但母亲被惊扰时，谁来把孩子给带走？这几年，我在网络上写字，时常收到读者的信息。其中，有母亲身份的读者，写信给我时，偶尔会以这种格式开场：在孩子不停的吵闹、打扰下，好不容易看完了您的文章……

我时常为着这份坦裸而深受触动，眼眶泛红。

仿佛遇见二十年前的母亲。

伍尔芙说，一个人能使自己成为自己，比什么都重要。也说过，女人若要写作，一定要有钱与自己的房间。译为房间实在是太可惜了，room，我更偏爱取其“空间”之意。再重新凝视，当下我跟母亲在书店对话的场景，重复播放与定格，我关注的对象不再是那个碰了软钉子的小女孩，而是那名女性，阅读的时候，她快乐吗？我祝福她，多为自己停留一页的时光也好，更想为她祈祷，回归生活时觉得自己比展书前，多丰盛了一分。母亲给我示范，她没有为了我而放下实现自我的短暂时分。我以后也不要轻易为别人放下我的，即使那个人我爱逾生命。

上小学时，母亲慎重地交给我一样物品：字典。她同我确认，是否知悉使用字典的方法。她在我面前，示范了一次，再把字典放在我手上，信手写了一个字给我，要我翻找出来。母亲个人使用的是《辞海》，放在我的字典隔壁。自字典交付到我手上的那一秒钟起，母亲再也不回答我任何一个字，在路上读不出招牌，问她，她只要我记下，返家后以字典查。她认为工具已在手上，我不能，更不应动辄依赖着别人的好心。母亲以身“示”法。她自己若遇见了生词，也是不改颜色地搬出《辞海》检索。相处近三十年，也只给她问到一个词——龃龉。那是在近年。我本来要端起脸，模仿她从前的义正词严：已经给你《辞海》了，不能总依赖别人的善意。念她已两眼昏花，《辞海》的字又袖珍，我改而细声细气地解释：ㄐㄩ——ㄩ——，起初是牙齿上下不齐，引申为人跟人之间意见相左。母亲跟着我复诵了数次，严肃地发音，仿佛再不紧咬住这个字，这个字就要从她的双唇中脱逃。

我当然讨厌过母亲的作风。有时童话读得兴起，去找母亲问字，她也狠心遥指家中摆放字典的矮柜，硬是不答。为着一个字，得在字典里翻寻，字字都在此山中，对于幼小的我，也有云深不知处的陌然。我为了轻减人生日后的负担，若课文学到了“雨”，就连着部首一路读到“雪霞霜雾霆”，也因为每颗字都是我亲手掘出，格外刻骨铭心。小学二年级时，去见导师（铁定是又干了什么好事），导师桌上有课本，为了打发无聊，我拿来翻阅。导师来了之后，没有对我的不告而取动气，反好奇地问，高年级的语文课本没注音，你看得懂什么？我一行一行地清声读给导师听，不确定的部分，索性模糊带过。从导师如获至宝的脸，我猜测自己的表现不错。导师推测我的双亲必有一人为知识分子，并不是，按母亲惯用的说辞，都是劳动界的朋友啊。

小学以前，我是敬仰母亲的；升上初中，这份敬仰日渐生变。

初中的第一堂英文课，老师问全班，有谁没办法按顺序念出所有的英文字母。我不疑有他举了手，环顾四周，后悔了，自己竟是少数。老师叹了口气，告知全班，我们从头教起，班上有人没学过基础。回家后，我把交融了难堪与羞耻的心情扔给母亲。母亲眨眨眼，跟我道歉，说，我只读到小学，不清楚原来英文这么重要。你的学历比我高了，不然这样子，我再带你去买一本英文字典好吗？我以沉默，作为跟母亲赌气的表示。这份复杂的情绪，到了高中愈加严重。升学考试是世故的淘选系统，不仅淘选出成绩好的人，也隐约淘洗出家世背景在社会前中段的同学，同学多数都家学俨然，相形之下我的背景相当突兀。客观上我明白万般皆是命，主观上却藏不住半点不由人的感伤。我跟母亲辩论，谁的父母在教学上多积极。我的挚友，自小的学习都受到父母的严密治理，我向往过这种境界，以为爱一个孩童不过如此，约束他，治理他，确保他的时时分分都没有辜负，年年都百尺竿头。我那时过于自陷，而未能读出挚友其实在隐忍，隐忍自己得收下一份过于贵重又不能拒绝的礼物：在父母的无微不至之下，你有义务要让自己活成人上人，你得为父母争气。

我甚至谴责了母亲的无为而治。

高二时，身体出现胃酸逆流，每个礼拜得有一天去医院报到。我跟母亲坐在医院的长椅上，等待墙上号码的跳跃，有时母亲会想到什么似的，说，不要给自己太大压力；下一秒，她又陷入自我审查、修正，算了，当我没说，我也没读过书，我懂什么。对话到此悬空，没人承接。下一个星期我们又坐在同一张长椅上，忍受同一份尴尬。相形之下，照胃镜真是太轻松了，一根细管，数个小时的节制，几分疼痛跟设计过的放轻松，就能看清楚病灶。也许那时候我与母亲之间也需要一根管子，照看生活的酸液是如何将我们之间的关系腐蚀出窟窿。为什么到了后来我们抒情的方式只剩下沉默，沉默至少稀释了我们对彼此咆哮的欲望。我怨过她，因为你只读到小学，什么也不懂，填志愿的时候你甚至不知道学校的排序。这反复缠卷纠结的情结，待我大学毕业，才有了释怀的契机。挚友与我吐露生命的负担，我也看到其他孩子的伤楚。他们被父母的期望压得喘不过气，而我的母亲从头到尾，不忘送给我最难能可贵的爱：自在。

以自己的样子存在。

而我竟指责她为我做得不够多。

我该跟母亲道歉的，但我并没有。我以为母亲能从我重新释出的依赖，理解到我对于自己过往的言论，实则是懊悔的。我以为这样子做就没事了，何苦去翻动伤疤，搞得彼此都尴尬、不快。我低估了道歉这举止，对于受伤的人而言，是不容省略的仪式。道歉是，让对方感受到，自己承受过的痛苦，也有被严肃以待的资格。道歉是，把你从别人身上掠取走的物品、情感或尊严，谨慎地交还给对方，因为那本来就属于他们。道歉是，你请求原谅，对方不一定会原谅你，但若对方认识到他有原谅与不原谅你的选择，他生活的所有层面，将比一开始好很多很多。

我竟以为我可以省略掉这个环节。

一场外国的旅行，我终于意识到自己错得有多离谱。那时，饭店的系统出了点疏漏，我们一行人准备下榻时，饭店已是满房的状态。我跟柜台以英文争执起来，母亲也紧张，不时出声询问，怎么了吗？柜台请出了经理，我得同时跟两人沟通，母亲的频频询问让我左支右绌。我转头，以不耐的语气说，你先在旁边等好不好，我这里很忙。几天后，在餐厅里，母亲突然开口，那日在柜台，你让我很受伤。你让我觉得我英文不好，什么都不懂，是个累赘。母亲似是再也承受不了，一把撕开我们多年以来，绝不轻易碰触，也从未结痂的伤口。她问，命运怎么开了个玩笑，让鸭子生出天鹅呢？闻言，我跌入时光的回廊里：科学博物馆的标本、母亲为我朗读广告牌上的介绍、手上字典的重量、我升上初中时那既欣喜又心酸的祝福，“从今天起你就读得比我上去了”，也连同高中之后的片段回忆。在她认识的字比我多时，我们相互理解，而在我习取的知识比她多时，我却单方面地关起了频道，再也不让她收听。羞耻感淹没了我的心房，我岂止红了眼眶，眼泪扑簌簌直落。鸭子怎么会生出天鹅呢？我生平见过最温柔、最友善的控诉，再也想不到其他一种表达方式，比这样的言说还委婉深沉。

我深知母亲苦于她的失学。她终其一生，在职业上的选择很少，升迁时也总是碍于学历要求而晋升不得。我深知母亲辛劳的一生，与她长女的身份密切相关，她牺牲自己，换来手足的进学。我偶尔体谅，偶尔怨怼着她奈何要生为长女。我把一切形容得仿佛她可以选择，但她没得选择。

弱弱之间可能相互抚慰，更容易捉着彼此的痛处为难。

我跟母亲道歉，我错了，我的书读得太差劲了，知识的存在是用以认识自己，而非否认来历。明明在很久以前我们是很好很好的。母亲也掉泪了。她原谅我，她总是能。谅解别人对她的误解。人不知而不愠，这个人是我母亲。

到了三十岁，看得更清晰。母亲没有给我指示，她给了我一盏明灯，我要往哪儿去，她极少干涉。很多孩子没有机会得到这种自由，他们的父母不仅给了地图，也决定了路线，连景点都精心安排，应该喜悦与感到幸福的时程都列在表格上。不止一位先生、女士，曾跟我表达他们对于我家庭环境的恋慕，至今他们犹在羞赧着，没有把自己活得超群卓越，怎么对得起那些被撕毁的成绩单、情深义重的羞辱，以及午夜的罚抄与巴掌？他们说，好难想象有父母能够让孩子在学习时，不必与痛苦产生联想；在培育英才时，不把一个人的道路给说死说尽。

我跟弟弟对于知识的恋慕，很大的成分来自模仿，模仿着我们最重要的人对于知识的渴慕，她若得一秒钟的清闲，就读一段文字，报纸杂志都好，而她的两个小孩跟在她的身后，陪她摇头晃脑，把整个世界都收纳于掌中开合的书页。母亲没有藏私，她并没有为我们精心规划出缜密如针的学习计划，也不曾给我们编排时程，她甚至没有对于我们的成绩好坏，标上一次评价。她只是把我们引进了水畔。我们见她泅水，拍浮，时而没入水体的核心，时而仰出水面深深吸进一口气。我们从此以为，一个人能够不被惊扰地默默读完一本十万字的小说，跟舔食一大汤匙的奶粉、玩了一整个下午的游戏，一样快乐，一样值得百年追求。一切所成，都来自一个十二岁时在教室里被抽走椅子的小女孩。再次回答那个问题，丑小鸭怎么会变成天鹅？因为丑小鸭的妈妈，本来就是天鹅啊——

别人的故事

故事的有趣之处在于，我们愿意听无数个人说。我们早知情在几秒钟之后会有枝丫隐现，鸟的啁啾与畅鸣，女孩摇着裙摆走入蓊郁的迷林，海平面上的那一层浮沫流散；我们也知道，再三个谎言，即将有人走上火刑台，而最后有情人终成不了眷属。即使如此，我们仍热烈欢迎故事的造访，如同千百年前聚集在火堆前的祖先，等待着部落中的谁开口，带来传奇。

我曾听过一个故事，由不同的人口中说出，第一次让我感到心痛，第二次则让我学会释然。

高雄阿嬷，我母亲的母亲。很年轻时，从屏东嫁去了澎湖，跟着捕鱼的丈夫过起看天吃饭的日子。二十岁时，诞下了长女，也就是我的母亲，之后她生了六个孩子，中间还流掉了几个。我的童年，寒暑假都被母亲牵至高雄，跟着阿姨、舅舅的孩子们玩在一起。纵使成年了，仍习惯往阿嬷的住处跑，我曾想过，我与她之间横亘着五十年的差距，使用语言的形式与习惯，势必让我们很难交心，但我却没有想到，正因为如此，我成了一个称职的听众。尤其在阿嬷选择独居之后，她似乎把我视为一位偶尔出现、千里而来的远亲。她能够在我面前吐露难以倾诉给众多儿女的想愿。像是她曾经指着自己浮肿且青筋蜿蜒的双腿，以慈蔼的口吻询问，你不觉得，人投胎转世，换一副新的身体，很轻松吗？我直到走进高铁的车厢，才迟迟地思量出阿嬷想告诉我的无非是，对于死亡，她已经准备好了。活了八十岁，她渴望无病无痛。她也许听了无数个久病的父母如何小火慢熬地烧干子女积蓄的故事，她也许不再能应付每一次跟着儿孙出游，我们那么担心她不够尽兴，因而反复询问，腿还能行吗？她变得更宁愿待在家，拒绝了我们的邀约，我到后来才被告知，阿嬷的身体恶化得远超乎她自己的理解，她也渐渐不能掌握自己的状态，偶尔她以为还能走，一落地背部又传来剧痛。阿嬷个性刚烈，无法忍受熟悉的事物一一自掌中脱逃，也不愿忍受别人以担忧的神情注视自己。偏偏众人是如此爱她跟需要她，她也不好明说自己的实际想法，只能寄托于一个看似无伤大雅的困惑，你不觉得，人投胎以后，得到一副崭新的身体，也会比较快活吗？她甚至没有提到一个死字，然而她随时都能启程的心意又是如此不容错辨。

我也曾目睹所谓的衰退。曾回去阿嬷的住处住过几晚。一日，阿嬷跟我诉苦，昨晚她又失眠了，在客厅里看电视看到一点多才进房。我惊愕地看着母亲，因为前一个晚上阿嬷分明是十一点多，服用了安眠药，沿途扶着桌子跟椅背，轻手轻脚地入房，我待在客厅滑手机直至凌晨两点。我不可能混淆的。母亲以眼神示意，请我少安毋躁。等到只剩下我跟母亲的时候，母亲才跟我说，阿嬷有些时候记不住了，你别吓到她。我们都别吓到她。

偶尔，工作不那么忙，我独自带着情人去找阿嬷，通常也不会做什么，就是听她分享近日又追了什么剧。阿嬷自称她是“电视老人”，她着迷于观看那些宫廷与深闺大院之中的爱恨情仇，见我不懂，犹认真指着屏幕，跟我讲解剧情，原本这里是谁当家，之后谁蒙圣宠，继而夺权。简言之，阿嬷时常在我面前表演“五分钟看完一出戏在演什么”的戏法。那日也是如此，我拉来椅子，听阿嬷说戏，阿嬷倏地停下，提议，跟你说一个故事好不好？我点头，慵懒地取来桌上的橘子，以为阿嬷又要跟我更新哪个演员的八卦，她经常入戏过深，深得跑去追找该名演员的真实人生。见我答应得这么干脆，阿嬷反而停顿半晌，好一阵子才提声，说，这是一个很多年前的事情了，你还记得我们以前并不住在左营吗？那时我们住在三民区。我的心一个磕碰，哦，原来说的不是演员跟戏剧，说的是我们。我把橘子剥开，分成一瓣瓣，高雄的冬阳十分宜人，我半眯着眼，回答，记得啊。我勾勒了一下老家的街景，以及那时我多喜欢跑到对面人家的窗前，偷偷“陪”着他们把电视给看完，老家的电视时常故障，而别人家的电视总是不叫我失望。见我还保留着那时的回忆，阿嬷笑了，她的笑很快地敛起。她强调，这个故事，是隔壁邻居发生的事情。

隔壁邻居，生了很多小孩。老大是女的，所有的小孩之中，就这个老大最会念书，到了哪一个班级，就是哪个班级的第一名。可是呢，因为家境困难，这个老大读到小学六年级，她想要再念上去时，这个邻居的先生，不晓得是因为自私，还是在想什么，我们不知道，反正，他很坚持要把这个女生送去做工。这个女生她很会读书，也不想放弃读书，她白天去做工，晚上就溜去读夜校，这件事，这个邻居知不知道呢？她当然也知道，她觉得，这么可怜的女儿，就让她读吧，于是她也帮忙隐藏着这件事……

到这里，我再怎么昏昏欲睡，也不得不惊醒了。我意识到，此时此刻，是一个魔幻的场合，这故事我早已听过了，十年前，从眼前这个女人的女儿口中，一模一样的故事，而叙事者告诉我，这是她的生平。然而，为什么外婆要坚称这是他人的故事呢？我忍不住看了我的情人一眼，他也曾从我口中得知母亲的童年多么不容易，情人愕然的眼神，使我更加确信我们正处于一个不可思议的情境。

阿嬷说了下去。

后来，因为女儿拿回家的金额不对，这个邻居的先生以为女儿有私藏，要跑去工厂质问，堵不到人，才发现女儿溜去读书了。那个晚上，邻居的女儿回到家，看到父亲在等她，便知道被抓包了。邻居的丈夫气到一直打那个女生，那个女生也没有躲，那个邻居看着自己的先生这样打小孩，她想，老天爷，我的女儿上辈子是做错了什么？为什么这辈子要来到这户人家，做我的小孩？

我第一次听到这个故事时，二十来岁，那时我尚未世故，时常以为人情容易，而世事艰难。即使民法教授说人生最困难的事，莫过于求人难，我也不以为然。我问过母亲在你挨揍时，阿嬷在哪里？母亲的眼神渗进一抹郁色，她的声音十分平静且节制，她反问：为了一个孩子而忤逆丈夫？之后的孩子怎么办？如果丈夫失控，开始揍人打别的小孩，你又怎么办？你聪明的小脑袋瓜，怎么会想不透，人生不是都有选择的……我不服气，又质问，难道阿嬷就只能这样看着丈夫，为了酒钱痛打一个想读书的女儿吗？

母亲没有顺着我的疑问，她不着痕迹地绕开，给了我另一条路径。

她凝视着我，说出心内话："我只能说，你们活在一个很好的时代。你说不要容忍，没有错。但阿嬷活在一个女人一出声就会被丈夫打的年代。那也是真的。我体谅她，一如我体谅你。你很多时候的言行，也不是我可以一下子就想明白的，我尊重我与你生于不同的年代，有不同的可能性。"

电影《朗读者》中，女主角汉娜为了保守自己的秘密，而情愿承担更长久的刑期；而男主角米夏，一位法律系学生，曾在年少时与汉娜谱过一段青涩的恋曲，他必须思考"如果是当事人自己要求保密，该怎么办"。我面临与米夏相当的处境，如果当事人觉得这就是最好的结局了，该怎么办？

只要有心，母亲与外婆之间所历经的种种，不难抽绎出一些质素，将之加工成一个带点控诉意味的故事。我的母亲却选择了不要这么做，理解自己的母亲为了周全多数孩子的福祉，而旁观一个孩子的痛苦，而她正好是那个孩子。母亲选择了另一个视角：因为这个孩子的牺牲，其他小孩有惊无险地接受了适切合宜的教育。我到了更久之后，才彻底地厘清，母亲送给我一样很大的礼物：若某天你受情势所逼，而没有足够勇敢，你依旧值得一份谅解。

阿嬷把我拉回此时此刻。也许是意识到这叙事过于沉重，她想要转换一下气氛，她转而说起那名女孩的幸运。那时，自行车是奢侈品，邻居的女儿跟她妈妈说："阿母，我想要一辆自行车，上下班用的，我不想再跟同事借了。"这个邻居想，我怎么有办法为你找来一辆自行车？邻居为难了好几天，跟那个女儿说，我没有办法给你一辆自行车，但我可以教你如何筹到购买一辆自行车需要的钱。这邻居就教她的女儿跟会[1]，没想到这女孩在工厂很有人缘，才不到一天，就凑足了十二个人。这个女生拥有了一辆自行车。这个邻居看到她的女儿有了自行车，心底很安慰，她觉得

[1] 互助会是台湾民间一种传统的互助、集资方式，具有赚取利息与筹措资金的功能。参与互助会的募资称为"跟会"。

她的女儿总算不再是什么都没有了。

现在问题来了，阿嬷挣扎半晌，终于把她的问题交给我。你觉得这个邻居对她的女儿很坏吗？我扔出另一个问题，这对母女呢，你跟她们还有联络吗？阿嬷很警觉地摇头，我们搬来左营这么多年了，早就不晓得她们去哪儿了。我注视着阿嬷，好想告诉她，这个女儿早就不怪你了。偏偏我不能这样做，阿嬷已经做了角色设定，我得尊重她作为一个作者的尊严。我告诉她，你也不知道这个女儿现在过得怎样，也许人家现在日子正好，嫁了人，生了几个小孩，也跟我们一样，偶尔会埋怨时机歹歹，可是，应该也不后悔这一世人吧。

驶回台中的路上，我问情人，欸，你觉得，为什么从头到尾，我的外婆都很坚持，这是一个别人的故事啊？情人握着方向盘，直视前方，以一种不很确定的口气诉说，也许是因为你阿嬷，无法承担答案的重量吧。

我也是这样想的。

什么时候我们需要故事，需要寓言，需要戏剧，需要迂回地创造出另一个世界，再让人物在那个世界里扮演着我们能够想象的种种可能？我们也怕吧，若没有这个世界，那么一切的一切，所有的所有，我们要如何承受？

回到台中，我同母亲说，阿嬷跟我讲了一个很长很长的故事，你有兴趣听吗？母亲站在原地，偏着头，注视着我，似是疑惑自己的母亲难得有说故事的雅兴。我从邻居的女儿想要继续升学说起，到这女孩进了工厂，接受了自己的命运，转而寄托于一辆自行车。尾声。我问母亲，唉，为什么从头到尾阿嬷都很坚持，这不是你的故事呢？

母亲凝视着鹅黄色的桌面，蓦地又将视线升起。知道阿嬷还记得这件事，那就够了。说完，她的脸颊与眼眶一起红了。

年事已高的阿嬷，记忆逐渐散佚的阿嬷，仍有股陈述的欲望，想对人说，四五十年前，她对于自己女儿的不幸，对于自己只能旁观，不总是无动于衷的。对母亲来说，故事走到这儿，即是最好的尾声。

创作者的另一半

五楼十二号展厅，MOMA 艺术博物馆，纽约。二十八岁。这是我与弗里达·卡罗第一次见面的关键字。她是我最欣赏的画家之一。

我就读的高中，校长相当重视学业成绩，升旗时，精神矍铄、神采奕奕的校长，习惯以一种恨铁不成钢的沉重语气，讲述着我们的学姐历年考上医学系的人数，是如何消长变化的，语末，则重申“读书人的本分”在于考上明星大学。在这种升学至上的风气下，术科老师竟也相当倔强，不仅严拒出借他们的课程给其他老师作为考试之用，还反其道而行，要求我们正经看待艺术课程。从史前的壁画一路介绍到后现代主义艺术，我从中知晓了弗里达·卡罗。这名粗眉、脸庞轮廓与五官带有逼人英气的女子，处心积虑嫁给里维拉——年长她二十岁的墨西哥壁画艺术巨擘。起初，人们以里维拉的名字来记忆卡罗，现今的人们多是从卡罗的画作认识里维拉。我欣赏卡罗，或许有部分的心意是欣赏她的坚毅，她挣脱了种种局限，让世人得以看见她的才华。艺术史上，创作者的另一半是很难发光的，跟投身艺术的人一起生活，很难不被卷入阴暗之中。若另一半是女性，故事通常更惨烈，你的点子会被占取，挂上丈夫的名；或者你只能服侍他。创作者除了自杀率远比多数职业要高，日常生活也有成为猪队友的高度或然率。

我幻想过不止一次，若能有个谁，可能是创作者的家属、朋友、情人，甚至是编辑，举起勇气，从幕后跃到幕前，大书特书创作者私生活的那一面，搞不好比本人的作品还卖座。要我来猜，这种活动的结尾，应该会出现“不要跟创作者在一起”的劝世呼吁。

许多创作者讨论过一个议题，创作的过程看似静态，实则是很“肉体性”的（不是大家期盼的那种“肉体性”）。你可以感觉到身体被严重地耗损着，头发掉落，身材出现戏剧性的变化。一如李维菁在个人专访里提出的见解，“这是浮士德的契约，缴出全副身心与生命经验，不只脑、不只任何器官，你必须全部下去”。是的，创作者下去了，身为创作者的家人、友人、爱人，只能眼睁睁看着，他这样签署浮士德的契约，他全部撩下去了。

那你呢？你怎么办？有没有一场说明会，是专属创作者的家属，至少让大家可以认识一下，组织互助团体呀。

这篇文章是我对于身边人的忏悔。

为了书写，我常常半自动半被迫地进入了一个沉默，且对时间毫无感应的状态。除此之外，整座身体变得相当功能导向，舌齿丧失了对于佳馔的鉴赏，而只是碾碎食物的工具，确保滑过胃壁得以迅急且无伤。纵使被带到景致的面前，也只是呆滞地感受到，自己暂时无法与这样的画面对话了。鸟的鸣唱，草茎的抽长，耳得之却为不了声，目遇之却成不了色。与创作无涉的画面，传递至脑内的路径崎岖且钝。我听过很多创作者自承，自己在进入状态时的那副“死样子”，整个人木木的，唯独心脑中某个隶属于创作的范畴正嗒嗒地高速腾转着。有些人更进一步反省，说自己偶尔会对于那个陪在自己身边的人感到愧疚。这副德行，一个不小心就会滥用他们对你的支持。我个人最失控的时刻，莫过于文字已在生产线上列队滑动，只待我的指尖在键盘上轻啄，它们就能坠落在屏幕上，从虚成为实，从承诺变成践成，从灵感脱胎成桥段。这时，突然我需要一些什么，可能是水，或食物，或谁来为我掩窗，因太阳的移动使得屏幕反光变得刺目。我必须出声，但若我一开口，很可能会惊动那正在我旁边垂眼监工的缪斯女神，她的庇佑也许不再垂怜于我。我只得伸手，如幼儿一般，指着我需要的物事，且作牙牙声响（天啊，那样子单凭想象就好想揍我自己，装什么巨婴）。我的家人、情人，鲜少埋怨，只是半蹙着眉，服从指令。我猜他们的脾气都想发作，但忍得，可能也不是很分明自己在忍什么，搞不好在心内算计，好吧，看你能磨出什么名堂来。

有一回，早上十点我答应母亲，下午一点要与她共进午餐，岂知那天状态奇好，节奏稳毅，母亲来敲我房门时，突袭脑海的念头是：我不是才坐在计算机前没多久吗？往壁上时钟一看，两点半。母亲说她实在饿得辛苦，虽知我会不喜，她还是得伸手抚触我的膜。是的，膜。她说我在写作时似乎自成一膜。膜隔绝了外界的物景与时间。她得惊动我，又不能使膜迸破。得提醒我维持身而为人的最低默契，但又不因此导致尘务经心而乱了文兴。其后，每逢写作行至瓶颈时，我就会忆得母亲那张挨饿又不敢直说的脸。我不免想，自己亏欠她甚多。

为了维持精神生活上的绝对，许多创作者只能对于物质生活相对了。不止一回，看到创作者坦承自己在柴米油盐酱醋茶上力有未逮。暴食者有之。酗酒者有之。癫狂者有之。药物成瘾者有之。半夜会孤坐在沙发上自我怀疑者，亦不在少数（越写越觉得跟某些创作者共处一室，可能是上辈子踢翻他的骨灰坛）。即使创作者看似“没有在进行一个创作的动作”，也不代表此刻他是可亲的，很有可能他的内心搬演着宁静的风暴。作品与真实生活中欠缺一个明确的分野，有时戏剧性逾越了作品，浸润至创作者的现实人生。想到上述种种，不禁冷汗直流，陪伴创作者，何尝不是苦行一种？且苦行的果往往不是结在自己身上，而是落于邻地，成全他人之美。创作者在做功，身边的人则是做功德。

随着我越写越投入，偶尔得离开膜，出门接受采访或者赴外县市演讲，仿佛有光，不仅仅是照明青睐着讲台上的我，更是他人落在自己身上的眼神，间或是坐在对面殷勤提笔抄写的记者，间或是在台下抱着书对你笑容可掬的读者。我偶尔会升起一股冲动，跟台下的人告解，你们可知我的每一天活得多苍白不安，怕写不出来，怕写出来了但不够好，更怕今天写得不坏，明天却写得像大考作文。要不是有人傍在我身，伸手撑扶，我很有可能是遁进去，却回不来的。故事存在的前提是说故事的人还在、还完好。一如位于克里特岛的迷宫，曾有勇者击败牛头怪，但若少了线球，给主角带来一线生机，神话也只有夭折的命运。有多少创作者最终没带回故事，反倒自己也成了传说？

许多前辈说过，创作者多少是吃上了天风，否则生活人人都在经验，人人都能写，为什么只有一部分的人能写成？但，若没有人在地面上给我们护持着缰索，在我们需要回身时，一节一节地将我们给拽回，创作者很有可能如断线的风筝般，被卡在高处与低处之间，既触不了艺术的堂奥，也无法重拾生活的语言。编辑在版权页中隐隐现身，然而围绕在创作者身边的人们，竟无一个页码专属他们。我渐渐理解到为什么很多创作者会在扉页或书末记名，谨将此作献给他们亲爱的父母、伴侣、孩子们。以前我看到有些创作者甚至载道，“若没有你的支持，本作无法完成”，我一度以为这是情溢之辞，识事以后，才深深觉得其中不无奸巧、得了便宜还卖乖的成分。试想，这样一个轻微慎小的工事，就能还报那些早在才华存在之前率先肯认我们的善心人；在创作落成以前，先以各种看不见的或看得见的资本投资我们的冒险家。我们不过是往旁边斜斜一站，把自己所得到的光的眷顾，让了一隅给他们，如此岂能衬得上他们的无名付出？是的。唯有把我们完成的物事，标签上他们的姓名，我们才可以勉强说，人事已尽。

后　记　来一把合于心意的开罐器

很多读者写信给我。其中，有些人是这样子开场的：“把孩子哄睡了之后，熬夜看完了……”有时人生比较困难，开场就会变成这个样子：“在孩子不断的吵闹下，好不容易读完了你的书。”也有一位读者，可爱地附上照片：她低头读着书，双腿收在椅子上，而她的孩子手持玩具戳她，试图索取她的注意力。她没有说掌镜的人是谁。我猜是她的丈夫。

我这回在写字时，说不上来为什么，不断地想起这些画面。我理解到，原来我有一部分的读者是长这样子的。她们有孩子，而她们的时间被孩子切割得很零碎。她们很提心吊胆地阅读，毕竟，要不被打扰地读完一个章节，至少在孩子长大以前，是不易的。

在这本书从无到有的过程中，很多人关心地问：这一次书写的主题是什么？我独自想了很久，到了中间阶段，才有勇气说，哦，我想书写的是，我个人从小到大的一些感受。有些是与家人的联系，有些则是我身为一个女生的经验。有趣的是，有些友人得知之后，沉吟好半晌，反问，女生的生活有什么特别的吗？怎么要特殊强调？我很讶异，他们以为，既处于同一方水土，感受自是并无二致的。我几乎要为他们的无知喝彩了。

我也无知过。

情人是左撇子。一回午后，我们在厨房张罗晚餐，我递给他一个开罐器和一个玉米罐头，说，喏，你把这罐头打开一下。旋即转身，去照顾炉子的火候，顺手把菜叶给洗了。好半晌，我还等不到玉米罐头，于是嘟囔，你怎么开一个罐头开这么久呀？我凑过去，把那个咬了一半的罐头端至面前，我说，你看我这样办。没两秒，罐头咧开嘴。我以为是自己开罐头的技术高明，直到他埋怨，那是因为开罐器是为你们右撇子设计的。我不信，把开罐器还给他，要他再示范一次。几秒钟过去，我看懂了，他是对的，那开罐器对付的简直不是罐头，而是他的左手。他得把开罐器托付于右手，也就是他的非惯用手，才能勉强地、事倍功半地，创造出一些进度。

这世界上散落着非常多的罐头，里头装填着比玉米更闪闪发亮的物事，迷人的职业、梦想、志愿、生活方式，或通往某些殿堂的门票。我很想撬开罐头。偶尔，我很幸运，旁人为我递上了开罐器，我很明白，我比那些没有开罐器的人幸运太多了。偏偏，这么多年下来，我也想送给自己一个木箱，并且站上去，诚实地宣告，有些开罐器不是为我这种人设计的。我得把这开罐器交给另一个自己。一个比较不像自己的自己。当别人告知我，嘿，我觉得你这样很好，跟很多女生比起来，你好理性，不情绪化。我只能视之为赞美，只能暗自压抑着手的隐隐作痛。我那时还长不出声音，去跟那些人说明，我之所以如此，是因为我十分明白，同样是抒发情绪，男人这么做是真情流露，女人这样子做是歇斯底里。我得学习不要那么常表达意见，这样子会引来不必要的威胁。而在被允许表达意见的场合，我得慎于穿着，在无趣、丑和淫荡之间，摸索出一套衣饰，既满足审美上的标准，又不至于让人误认我别有用心。我渐渐对于自己撬开的与撬不开的罐头发起呆来。我不能说我的手在痛，不能解释我是以非惯用的自己在过活。女人一旦诉说起生活上的不理想，很难不被划分为无病呻吟。我在书写的过程中，不乏有人支持，仍屡屡感到难为情，甚至想着，也许该记录更严肃的痛苦？

每每有这种意想时，那些女人的信息，就如同从窗外探进的绿意，不惊扰任何人地予我慰藉。她们也有这种淡淡的苦恼吧。多想要一些自己的时间。多希望孩子睡熟一点，让我能够安心地翻页。我禁不住幻想，她们是如何轻手轻脚地步出孩子的房间，从柜上取出书，翻到书签的位置。壁上的时钟显示着晚上十点多一些，或更晚。泡上一杯茶，在暖黄的灯光下，她们走进我的世界，还得留一只耳朵注意孩子的细微声响。而我，能够交给她们孤独吗？让她们再一次被说服，自己有时说不上来的郁闷，并不值得认真以待？不，不应如此。过往的漫长岁月，身为女子的偶尔烦心与苦闷，被认定为小家子气的讨论，大家不必放在心上。我们该重新检讨这种谬想了。最好的时节是，若有朝一日我们见到一个人打不开眼前的罐头，我们能够想象到，也许他手上的开罐器并不好使，甚至，我们愿给他资源，让他得以设计更合于心意的开罐器。